La route du thé et des fleurs

ROBERT FORTUNE
AUX ÉDITIONS PAYOT

Le Vagabond des fleurs
La Route du thé et des fleurs

Robert Fortune

La route du thé et des fleurs

Traduit de l'anglais
par Élisabeth Luc et Gérard Piloquet

PETITE
BIBLIO
PAYOT

Note de l'éditeur. Une édition très partielle de ce texte avait paru en 1857 chez Hachette, dans la « Bibliothèque des chemins de fer » sous le titre *Les Aventures de Robert Fortune*. Nous avons repris ici le texte de l'édition originale, parue chez John Murray (Londres) en 1852, à l'exception des chapitres purement techniques sur la culture ou la préparation du thé.

1

Changements à Shanghai. — L'objet de mon voyage. — De la difficulté de se procurer des plants de thé. — Départ pour l'intérieur. — Un rasage difficile. — Crainte des voleurs. — Hang-chow-foo. — Le jardin de la Chine. — Aventures dans la ville. — Une auberge chinoise. — Un bateau de passage. — Je manque mon déjeuner, et perds mon dîner. — Importance de Hang-chow.

Par une belle journée du mois de septembre 1848, je revoyais la rivière de Shanghai, emporté par un bateau chinois vers les murs de cette ancienne ville. Le premier objet qui attira mon attention en approchant du port, ce fut une forêt de mâts, non pas de mâts de jonques comme autrefois, mais de mâts de bons et beaux navires étrangers, américains ou anglais pour la plupart. À présent, vingt-six imposants navires s'y trouvaient à quai. Beaucoup d'entre eux étaient arrivés chargés du produit de nos régions manufacturières, et allaient repartir les cales pleines de soieries et de thé. Cependant je fus encore bien plus ravi en débarquant : une ville nouvelle, d'une étendue considérable, occupait maintenant la place des cabanes chinoises, des champs de coton, des tombeaux que j'avais connus.

Peu à peu, les Chinois se repliaient vers l'intérieur du pays avec leurs familles, leurs effets et tous leurs biens. Ils rappelaient certains aborigènes de l'Ouest, à cette grande différence, pourtant, que les Chinois partaient en général de leur plein gré, et que les étrangers leur payaient largement leurs propriétés. Leur plus grande préoccupation était d'emporter, en plus de leurs autres biens, les corps de leurs amis décédés, très souvent enterrés à proximité de leur maison, sur des terrains privés. Il n'était donc pas rare de croiser plusieurs cercueils portés par des coolies ou des proches se diriger vers l'ouest. Bien souvent, les cercueils étaient déterrés dans un état de décomposition avancée, et il était impossible de les déplacer. En de telles occasions, on pouvait voir un Chinois, tenant à la main un livre où étaient répertoriés les ossements du défunt et guidant les autres dans leur recherche de ces derniers vestiges de la mort.

Il est très amusant de voir des groupes de marchands chinois venant de l'intérieur des terres, parfois de fort loin, pour visiter Shanghai. Ils errent le long du fleuve avec des mines émerveillées. Les navires carrés qui remplissaient le port, les maisons des étrangers, leurs chevaux, leurs chiens, causaient aux Chinois plus de surprise que les étrangers eux-mêmes. M. Beale, qui a fait construire l'une des plus belles maisons de Shanghai, recevait souvent des demandes de Chinois curieux de voir l'intérieur d'une habitation anglaise. Il accueillait toujours ces demandes avec la plus parfaite courtoisie, et les visiteurs s'en allaient toujours enchantés de ce qu'ils avaient vu. Il faut espérer que le spectacle de notre confort et des raffinements de la vie européenne aura pour résultat de relever la race des « barbares » de quelques degrés dans l'estime des Chinois civilisés.

Mon voyage dans le grand Nord avait pour objectif de trouver et rapporter des graines et des plants d'arbustes à thé destinés aux plantations de l'Hon East India Company dans les régions du nord-ouest de l'Inde. Il était essentiel que ceux-ci proviennent de ces régions de Chine où sont produits les meilleurs thés, et j'entrepris donc de mener à bien ce projet. Il y avait près de Ning-po plusieurs régions productrices où l'on cultivait de très bons thés verts à l'usage des Chinois, mais ces variétés n'étaient pas très bien adaptées au marché étranger. La plante pouvait être exactement de la même variété que celle utilisée pour faire les thés les plus fins, mais la différence tenait au climat, à la terre, ou plus probablement à un traitement différent. Peut-être était-ce le cas, ou peut-être pas. À ma connaissance, personne n'avait jamais visité la région de Hwuy-chow ni rapporté de plantes venant de ses collines à thé. Dans ces conditions, je jugeai que j'aurais tort de me contenter de rapporter des graines et des plantes de la seule région de Ning-po, et de considérer comme évident qu'il s'agissait de la même variété que dans la région du thé vert de Hwuy-chow.

Il fut aisé de recueillir des plantes et des graines des régions théières des environs de Ning-po. Les étrangers ont le droit de visiter les îles de l'archipel de Chusan, telles que Chusan et Kintang, où les arbres à thé sont des plus abondants. Ils peuvent aussi se rendre au fameux temple de Tein-tung, à environ vingt milles à l'intérieur des terres, tout autour duquel on pratique fréquemment la culture du thé.

Cependant, la région de Hwuy-chow se trouve à quelque deux cents milles au-dessus des deux ports septentrionaux de Shanghai et Ning-po. L'endroit est fermé aux Européens. À part les missionnaires jésuites, personne n'a jamais pénétré la région sacrée de Hwuy-chow.

Décidé à me procurer si possible des plantes et des graines de ce pays célèbre, je n'avais que deux solutions pour mener à bien cette affaire. Je pouvais soit envoyer des agents chinois me les chercher, soit y aller moi-même. La première solution paraissait être la seule possible, et en tout cas la plus facile, mais elle comportait des inconvénients considérables. Supposons que j'aie chargé des Chinois de faire ce travail, et beaucoup auraient accepté cette mission, comment être certain que les plantes et graines qu'ils m'auraient rapportées provenaient bien des régions en question ? On ne peut guère se fier à la sincérité des Chinois. Cela peut sembler peu charitable, mais c'est la vérité. Si cela les avait arrangés, les agents commandités pour cette mission seraient allés à quelques milles à l'intérieur des terres, dans la première région théière, l'une de celles que j'aurais pu visiter moi-même sans difficulté et en toute sécurité, et faire leur cueillette. Après un mois ou deux d'absence, ils seraient revenus me voir avec leur récolte et n'auraient pas hésité à jurer qu'elle provenait des régions où je les avais envoyés. Il est fort possible qu'ils aient agi tout autrement, mais même dans ce cas je n'aurais pas pu en avoir la certitude. C'est pourquoi j'abandonnai cette idée et décidai de m'efforcer de pénétrer moi-même la région de Hwuy-chow. Là, non seulement je pouvais me procurer les véritables plantes produisant les meilleurs thés verts du commerce, mais aussi des renseignements concernant la nature du sol de la région et les meilleures méthodes de culture.

À ce moment-là, j'avais à mon service deux hommes de Hwuy-chow. Je les fis quérir et leur demandai s'il était possible de pénétrer si loin à l'intérieur des terres. Ils répliquèrent que c'était facile et qu'ils étaient prêts à m'accompagner, n'y mettant d'autre condition pour moi que celle de quitter mes habits européens pour prendre le costume du pays. Je savais que pour réussir c'était chose indispensable ; aussi ne fis-je pas la moindre objection.

Je fis donc acheter une garde-robe chinoise et mettre en état la queue que j'avais portée dans ma première campagne. Rien ne nous manquait plus que le bateau qui devait nous conduire pendant la première partie de notre voyage. C'était alors chose assez difficile que d'en trouver, grâce à la sévérité avec laquelle plusieurs Chinois avaient été punis par les mandarins pour avoir conduit des étrangers à quelque distance dans l'intérieur, dans les régions où l'on produit la soie. Ces messieurs avaient fait leur course en costume européen ; les autorités du pays n'avaient pas pu fermer les yeux sur leur passage, et il en était résulté des plaintes adressées aux mandarins de Shanghai, qui y avaient fait droit en condamnant les bateliers à recevoir je ne sais combien de coups de bambou. Depuis, il était devenu très difficile à un Européen de louer un bateau pour son compte. Je demandai donc à mon domestique de prendre un bateau en son nom, en disant seulement qu'il serait accompagné dans son voyage par deux personnes : l'affaire réussit, et en moins d'un instant je le vis revenir armé d'un « chop » ou engagement passé avec un patron de barque, qui s'engageait à nous conduire jusqu'à la ville de Hang-chow-foo.

Jusque-là tout allait bien ; mais bientôt mes deux hommes commencèrent à devenir jaloux l'un de l'autre, chacun voulant diriger l'expédition dans le but de m'extorquer autant de dollars qu'il lui serait possible. L'un était à mon service en qualité de valet de chambre et de linguiste, l'autre était entré en fonction comme simple coolie, homme de peine, et c'était en réalité tout ce qu'il pouvait être. J'avais donc confié l'administration de nos affaires au premier, ce qui avait fort déplu au second, qui était le plus âgé. Dans des circonstances ordinaires je me serais débarrassé de l'un des deux ; mais comme je n'avais de confiance dans aucun, je pensai que leur rivalité me servirait peut-être à les maintenir l'un par l'autre. Le voyage que j'entreprenais était long, la route m'était inconnue, et je me serais trouvé dans la situation la plus critique s'ils s'étaient entendus pour me voler et m'abandonner à l'aventure, en pays ennemi, loin de tout secours. En y réfléchissant, je considérais leur pique mutuelle comme une sauvegarde plus qu'autre chose.

Désireux de conserver autant que possible le secret de l'expédition, je me proposais de partir le soir du quartier anglais, bien caché dans une chaise à porteurs, pour aller m'embarquer près de la porte de l'Est, où notre bateau était mouillé. Grande fut ma surprise lorsque je l'aperçus près de l'une des cales anglaises, tout prêt à me recevoir.

« N'est-ce pas le bateau que vous avez loué ? demandai-je à Wang, mon valet de chambre.

— Oui, mais ce butor de coolie est allé tout raconter au batelier ; il lui a dit que son bateau servirait à un Anglais.

— Les bateliers consentent-ils toujours à partir ?

— Oui, si vous voulez ajouter quelque chose, une bagatelle, au prix convenu. »

J'y consentis, et, lorsque nous partîmes, les bateliers sachant qui j'étais, je conservai mes habits européens pendant la première journée du voyage.

Le matin du second jour, quand je me réveillai, nous étions déjà à quelque distance de Shanghai ; les bateliers firent remarquer qu'aux termes de nos conventions, il était temps que je prenne le costume chinois. M'habiller était chose facile, mais il fallait aussi me raser la tête, et nous n'avions pas de barbier à bord. De plus, Wang, qui était le plus adroit de mes deux hommes, avait un accès de fièvre, de sorte que j'en fus réduit au service du coolie. C'était un gaillard lourd, épais, gauche, qui n'avait d'autre mérite que d'être du pays où je voulais aller. Armé d'une paire de ciseaux, il coupa mes cheveux sur l'avant, l'arrière et les côtés de mon crâne, n'en laissant que sur le sommet de la tête. Il lava alors ces parties à l'eau chaude, à la manière des Chinois. Puis il prit un petit rasoir et se mit à me tondre. J'étais sans doute la première personne sur laquelle il s'était livré à cette activité, et j'aurai la charité de souhaiter très sincèrement être la dernière. En fait, il ne me rasait pas, il égratignait mon pauvre cuir chevelu au point que des larmes coulèrent sur mes joues. Je criai de douleur. Il se contenta de dire : « Hai-Yah, très mal, très mal » et continua à manœuvrer. Pour mon malheur, et pour m'irriter davantage, les bateliers regardaient à l'intérieur de la cabine, prenant un plaisir évident à toute cette histoire, et trouvant le spectacle très divertissant. Je crois honnêtement que j'aurais dû avoir une réaction beaucoup moins amusante, si la prudence ne m'en avait pas empêché, de même que la bonne volonté évidente de ce pauvre coolie. Enfin, le rasage fut terminé. Je revêtis ensuite un costume du pays. Mes domestiques et les bateliers jugèrent le résultat très concluant.

Toute la région située à l'ouest de Shanghai est striée de fleuves et de canaux, de sorte que l'on peut visiter en bateau toutes les villes situées dans cette partie du pays.

Nous nous dirigeâmes vers le sud-ouest, en direction de la ville de Hang-chow-foo. Le premier jour, grâce à un vent assez fort, nous atteignîmes le lac Maou, à cent vingt ou cent trente « lis » de Shanghai (le li est à peu près égal à 250 mètres). Nous nous arrêtâmes pour la nuit, amarrant notre bateau à un poteau planté sur la rive herbeuse du lac. Partis très tôt le lendemain, nous arrivâmes dans la matinée dans une ville de taille considérable nommée Kea-hing-yuen, et un peu plus loin nous atteignîmes une vaste place murée et fortifiée.

Cette ville semble presque aussi étendue que Shanghai, et compte probablement le même nombre d'habitants, à savoir deux cent soixante dix mille. Ses murs et ses remparts avaient été en bien piteux état, mais les gens ont eu une telle peur quand les Anglais ont pris Chapoo, qui n'est guère éloigné, qu'ils ont réuni des fonds et ont engagé des travaux considérables pour réparer les défenses de leur cité. C'est l'histoire que racontèrent les bateliers pour expliquer l'excellent état des fortifications. Une multitude de vieilles jonques, employées jadis pour le compte du gouvernement au transport des grains sur le Grand Canal, sont mouillées immobiles aujourd'hui sous les remparts de la ville, et servent de demeures aux plus pauvres des habitants. On trouve de ces jonques sous les murs de toutes les villes qui sont situées sur le Grand Canal. Quand elles sont hors de service, on les vend aux enchères et elles deviennent des maisons pour les pauvres.

Laissant Kea-hing-yuen, derrière nous et faisant route à l'ouest, nous arrivâmes à une grande nappe d'eau qui fait sans doute probablement partie du grand lac de Tai-ho ; elle est d'ailleurs peu profonde et couverte, sur presque toute sa superficie, des végétations du *Irapa bicornis*, plante aquatique que les Chinois appellent « ling ». Elle produit un fruit d'une forme singulière, qui représente assez exactement la tête et les cornes d'un bœuf, et qui est très estimé dans tout l'empire. J'en ai vu trois espèces ou variétés distinctes, dont chacune a des fruits d'un beau rouge.

À notre passage, des femmes et des enfants, assis les jambes croisées dans des baquets exactement semblables à ceux dans lesquels nous faisons la lessive, faisaient la récolte du « ling ». Le lac était couvert de ces embarcations d'un nouveau genre, et je n'imagine rien de plus commode pour un pareil travail que ces baquets qui portaient le moissonneur et la moisson, et circulaient aisément au milieu de masses de « ling » sans faire aucun tort aux plantes. Il faut convenir cependant que l'aspect de cette masse de gens godillant dans leurs baquets prêtait à rire.

Après avoir traversé le lac, on ne voit plus, sur les deux rives du canal, et, à vrai dire, dans tout le pays environnant, que des mûriers. La soie est évidemment le principal produit de cette partie de la Chine. Pendant deux jours, et dans ce temps nous avons dû faire plus de cent milles, je n'ai rencontré que des mûriers. Lorsqu'on songe que je traversais le pays en ligne droite, on doit se faire une idée de l'importance de ce district séricicole, qui s'étend sur un cercle d'au moins cent milles de diamètre.

Seh-mun-yuen, situé à cent quarante lis environ au nord-est de Hang-chow-foo, est la première ville un peu considérable que nous rencontrâmes ensuite. Elle est peut-être très ancienne, elle a peut-être été très florissante jadis, mais aujourd'hui elle n'a plus de commerce et elle tombe presque en ruine. Ses remparts, qui s'écroulent en maints endroits, sont couverts de broussailles, produits du hasard, qui lui donnent l'aspect le plus pittoresque. Les bateliers me dirent que toute cette partie du pays était infestée de voleurs, et qu'en conséquence ils feraient bonne garde pendant la nuit. Il était trois heures de l'après-midi lorsque nous arrivâmes sous les murs de la ville. La matinée avait été froide et pluvieuse, et les bateliers, qui étaient trempés jusqu'aux os, refusaient absolument d'aller plus loin. Il fallut donc se résigner à passer la nuit, et jamais je n'ai passé de nuit plus désagréable. Dès qu'il fit noir, mes domestiques et les bateliers se mirent, pour tuer le temps, à raconter des histoires de pirates et de voleurs avec lesquelles ils se troublèrent l'imagination au point d'en perdre la tête. Le temps, d'ailleurs, semblait se prêter à cette faiblesse ; le vent, qui sifflait à travers les ruines des remparts, poussait des gémissements lugubres, et la pluie, le plus grand ennemi du voyageur et du marin, en pénétrant par cent endroits dans notre misérable bateau, glaçait chacun dans son lit.

Avant que je n'aille me coucher, il avait été prévu que mon coolie et l'un des bateliers veilleraient et monteraient la garde pendant la nuit pour nous protéger des voleurs. Le poste du coolie se trouvait à l'intérieur du bateau, à mes côtés, et l'autre homme devait monter la garde à l'arrière, là où l'on faisait la cuisine. Je ne puis dire combien de temps ces sentinelles veillèrent, mais à mon réveil, peu avant le lever du soleil, les dangers de ces lieux semblaient avoir été complètement oubliés, sauf peut-être dans leurs songes, car je les trouvai tous deux dormant à poings fermés. Les autres hommes étaient aussi plongés dans un profond sommeil, et nul ne semblait nous avoir fait le moindre mal pendant la nuit. Je les éveillai tous et, la matinée étant belle, nous poursuivîmes notre chemin vers la ville de Hang-chow-foo.

Pendant ces trois jours de voyage, nous avions traversé un paysage parfaitement plat, avec seulement trois ou quatre collines près de la ville de Sung-kiang-foo. À présent, pourtant, le relief commençait à changer et bientôt apparurent les hauteurs qui entourent cette vaste plaine à l'ouest et au sud-ouest. Nous traversâmes une ville nommée Tan-see, sur le côté du Grand Canal où nous nous trouvions à présent. C'était une ville de grande taille, très animée, située à quelques milles au nord-est de Hang-chow-foo. Ici, ce paysage plat paraissait riche et superbe. Les vastes cultures de mûriers se déployaient sur toutes les hauteurs et le riz occupait les basses terres humides.

Aux abords de Hang-chow, la végétation devint plus riche et jamais en Chine je n'avais vu de région plus cultivée. Cela me rappelait l'aspect de certains endroits riches en cultures près de nos grandes villes commerçantes anglaises. Ici, l'on voyait de superbes plantations de « loquat » (*Eriobotrya japonica*), de « yang-mai » (*Myrica sp.*), de pêches, de prunes, d'oranges, et de tous les fruits de la Chine centrale, dans des cultures très développées.

Les environs de Hang-chow-foo pourraient très bien s'appeler « le jardin de la Chine ». Le Grand Canal, avec ses nombreux affluents, ne se contente pas de l'arroser. Il apporte aussi les moyens d'y voyager et d'emporter les produits qui font sa renommée vers d'autres contrées. Les collines à l'arrière-plan, la superbe baie qui remonte jusqu'à la ville et s'étend loin vers l'océan, la noblesse du fleuve qui se jette ici dans la mer, tout contribue à donner au paysage une beauté saisissante.

Dans la soirée du 22 octobre, j'atteignis les faubourgs de Hang-chow-foo, l'une des villes les plus vastes et les plus prospères de la plus riche région de l'Empire chinois. Les autorités chinoises ont toujours vu d'un très mauvais œil les étrangers approcher ou pénétrer la ville. On suppose que, au-delà de l'antipathie naturelle qu'ils vouent aux « barbares », ils ont installé un poste de douane afin de percevoir des taxes sur les produits importés ou exportés par les étrangers, ce qui va à l'encontre des termes du traité de Nanking. Ils savent pertinemment que si les étrangers étaient autorisés à entrer, ce système d'extorsion serait vite découvert et interrompu.

En approchant de la ville, chaque détail que je remarquai me prouvait que je me trouvais en un lieu d'une grande importance. Le Grand Canal grouillait de bateaux de toutes tailles, où se tenait un commerce très animé. Beaucoup d'entre eux voguaient dans la même direction que nous, tandis que d'autres quittaient la ville et se hâtaient vers Soo-chow, Hoo-chow, Kea-hing et d'autres villes. On voyait des canaux partant dans tous les sens, formant les principaux axes du pays.

Lorsque j'arrivai au terme de cette étape de mon voyage, mes bateliers descendirent à terre et amarrèrent le bateau parmi les milliers d'autres de son espèce. Comme il faisait presque nuit, je décidai de me reposer ici jusqu'au matin. Le lendemain, à l'aube, en étudiant notre position, je découvris que nous étions amarrés au bord d'une vaste étendue d'eau à l'extrémité du Grand Canal. Je n'avais rien à faire en ville, je voulais simplement continuer ma route vers le pays du thé vert, aussi, je ne souhaitais pas prendre le risque de la traverser. Avant de quitter Shanghai, en consultant la carte pour établir mon itinéraire, j'avais demandé s'il était possible d'atteindre l'embouchure du fleuve Hang-chow sans traverser la ville elle-même. Mes deux hommes m'assurèrent que cela ne présentait aucune difficulté, et s'élevèrent même contre l'idée de traverser la ville. Ils déclarèrent que nous pourrions passer par le lac See-hoo, où nous pourrions quitter le bateau de Shanghai, et continuer à pied ou dans des chaises à porteurs sur une trentaine de lis. Ainsi, nous contournerions la ville et atteindrions notre objectif. Ce projet me parut réalisable. Toutefois, lorsque nous atteignîmes les faubourgs de Hang-chow, ne connaissant pas la région, je crus tout naturellement que nous nous trouvions à See-hoo, qui n'est qu'une partie des faubourgs. Ce n'était cependant pas le cas.

Wang, que j'avais envoyé à terre à l'aube pour nous trouver une chaise à porteurs et des coolies pour nos bagages, revint et m'informa qu'il avait réussi à tout organiser dans une auberge proche, dans laquelle nous devions nous rendre. Après avoir quitté le bateau, nous remontâmes une rue grouillant de monde sur plusieurs centaines de mètres et entrâmes dans l'auberge en question. Personne ne me prêta la moindre attention, ce qui me mit grandement en confiance, et j'en conclus que j'étais vêtu de façon correcte et que je faisais un Chinois tout à fait acceptable.

Nos bateliers de Shanghai nous accompagnaient, portant nos bagages. Je croyais qu'ils nous avaient recommandé l'auberge dans laquelle nous venions d'arriver. À ma grande surprise, ils informèrent aussitôt leur ami aubergiste que j'étais un étranger. Ils avaient reçu leur argent, ils n'espéraient plus rien de moi, ils n'avaient plus d'intérêt à garder mon secret. Je craignais naturellement que, soit par crainte des mandarins, soit pour m'extorquer quelque argent, on ne me fît des difficultés ; mais le bonhomme, qui gagnait sa vie à louer des chaises et à vendre du thé, prit les choses très tranquillement ; il paraît qu'il n'était pas homme à refuser une bonne pratique, lors même que c'était un étranger. Il me procura donc une chaise sans plus tarder ; les porteurs, payés par le maître de la maison, devaient me conduire pendant un relais, à peu près à moitié chemin, et de plus, ils reçurent une certaine somme destinée à louer une autre chaise pour le reste du chemin, jusqu'à une ville appelée Kan-du, située sur les bords d'une grande rivière qui se jette à cet endroit même dans la baie du Hang-chow.

Tout paraissant aller pour le mieux, j'entrai dans ma chaise et, donnant l'ordre à mes deux domestiques de me suivre, je fus bientôt emporté d'un pas rapide à travers un dédale de rues étroites. Après avoir fait peut-être un mille, lorsque je m'attendais à chaque instant à déboucher dans la campagne, je m'aperçus qu'au contraire je m'enfonçais de plus en plus dans une ville extraordinairement peuplée. Je commençai alors à soupçonner que mes domestiques m'avaient trompé, et qu'après tout je traverserais la ville de Hang-chow. Ces doutes furent vite confirmés par l'apparence des murs et des remparts de la ville. Il était à présent trop tard pour s'opposer à cette opération, et je me dis que la meilleure attitude à adopter était de laisser les choses suivre leur cours et rester passif.

Nous entrâmes par la porte de la ville. L'endroit semblait ancien : les murs et les remparts étaient élevés et en excellent état. Comme de coutume, les grilles étaient gardées par de nombreux soldats. La grande rue que je traversai est étroite, comparativement aux rues des villes de l'Europe ; mais elle est bien pavée, et elle me rappela la grande rue de Ningpo. Hang-chow est cependant, et pour le commerce et pour la politique, un point beaucoup plus important. C'est la capitale de la province de Chekiang, la résidence des principaux mandarins aussi bien que des commerçants les plus considérables. C'est aussi une ville à la mode ; elle est pour le Chekiang ce que Soo-chow est pour le Kiang-nan. Du Halde cite un vieux proverbe qui dit : « Le paradis est *au-dessus*, mais Soo-chow et Hang-chow sont *au-dessous*. »

Les murs de ce paradis terrestre ont, dit-on, quarante lis de circonférence, quoiqu'ils renferment un certain nombre de jardins et d'espaces découverts ; celui des maisons est à coup sûr très grand, et le chiffre de la population très considérable. Les faubourgs sont aussi très étendus et très peuplés ; sir George Staunton estime que la ville avec ses faubourgs est aussi grande que Pékin.

Je remarquai en plusieurs endroits de la ville des arcs de triomphe élevés en l'honneur de grands hommes, des temples bouddhistes décorés avec magnificence ; mais, quoique ces monuments ne soient curieux, il faut ajouter cependant que comme œuvre d'art ils ne peuvent pas soutenir la comparaison avec ce qu'on voit en Europe.

Les devantures des boutiques dans les grandes rues s'enlèvent complètement pendant le jour, de sorte que le passant peut très bien voir les marchandises qui sont exposées à la vente. Je remarquai beaucoup de boutiques remplies de joaillerie d'or et d'argent et de pierres de jade sculptées. Les magasins de curiosités étaient nombreux, et, à en juger par le nombre des individus qui portent des habits de soie, on doit croire que le commerce des tissus de cette espèce doit être très florissant. Il y avait de nombreuses boutiques de brocante, contenant des articles chinois de grande valeur, tels que des vases de porcelaine, des bronzes, des objets en bambou sculpté, des vases découpés dans cette pierre magnifique qu'est le jade, et beaucoup d'autres articles du même ordre. Chaque chose que l'œil rencontrait ne faisait que renforcer l'impression de richesse et de luxe donnée par Hang-chow-foo. Comme dans toutes les villes chinoises que j'ai visitées, on trouvait de nombreux salons de thé et lieux de restauration pour les classes moyennes et les pauvres. Ils ne semblaient pas manquer de clients, car ils étaient tous pleins de centaines d'indigènes qui, pour quelques pièces ou « tsin », pouvaient y consommer un repas sain et consistant.

Les gens de Hang-chow s'habillent de façon gaie et sont réputés, parmi les Chinois, pour leur élégance. À l'exception des modestes travailleurs et des coolies, ils se pavanent tous en costumes de soie, de satin et de crêpe. Un jour, mes domestiques chinois comparaient les natifs de Hang-chow avec ceux des régions de l'arrière-pays dont ils étaient originaires. Ils disaient qu'il y avait beaucoup d'hommes riches dans leur pays, mais qu'ils s'habillaient tous simplement et modestement, tandis que les gens de Hang-chow, qu'ils soient riches ou pauvres, n'étaient heureux que vêtus gaiement de soieries et de satin. « C'est vrai, disaient-ils, on ne peut jamais reconnaître un homme riche à Hang-chow, car il se peut qu'il porte toute sa fortune sur son dos. »

Lorsque nous fûmes arrivés à peu près au milieu de la ville, les porteurs déposèrent la chaise en me disant qu'ils ne devaient pas aller plus loin. Je sortis et cherchai mes domestiques, de qui j'attendais une explication ; mais ils n'étaient pas là, ils avaient pris un autre chemin, ou bien, et c'était plus probable, ils se tenaient en observation à une distance très respectueuse, tout prêts à décamper s'il arrivait le moindre embarras sérieux. Je me trouvais donc fort empêché et faisant d'assez tristes réflexions, lorsqu'à mon grand plaisir on m'amena une autre chaise où je fus invité à monter. Je compris alors comment l'affaire avait été organisée. L'aubergiste avait remis aux premiers porteurs l'argent nécessaire pour payer le second relais. Une partie de la somme, cependant, avait été déjà dépensée en thé et en tabac, si bien que les nouveaux porteurs ne voulaient plus m'emmener pour ce que les autres leur avaient laissé. Il s'ensuivit une querelle des plus bruyantes entre les deux escouades ; mais, comme c'est chose assez commune en Chine, personne, heureusement pour moi, n'y semblait faire attention. Néanmoins, ma position au milieu des voleurs et des volés était passablement critique, et à coup sûr très peu enviable. Si l'on se fut douté qu'un étranger se trouvait au cœur de la ville provinciale de Hang-chow-foo, une multitude immense de populace se fût aussitôt rassemblée, et il aurait pu en résulter pour moi toutes sortes de conséquences sérieuses.

« Prenez les choses avec calme, et ne perdez jamais votre sang-froid » : telle doit être la devise de tout voyageur, mais surtout du voyageur en Chine. C'est toujours ce qu'il y a de mieux à faire ; si vous laissez les choses aller toutes seules, il y a dix à parier contre un que vous sortirez sans encombre d'une position tout aussi désagréable que celle où je me trouvais alors, tandis que, si vous voulez intervenir, il est à peu près certain que vous gâterez tout. Je connaissais très bien déjà ce principe, et j'y conformais ordinairement ma conduite ; mais dans la circonstance actuelle il ne me fut pas permis de le suivre.

J'étais donc assis dans la seconde chaise, attendant patiemment que les premiers porteurs eussent donné de bonnes raisons à leurs camarades pour leur expliquer comment ils avaient dépensé leur argent en thé et en tabac. Cependant, comme ils n'y pouvaient pas réussir, les volés me firent savoir que j'eusse à sortir de leur chaise. C'était ce qui pouvait m'arriver de pis ; je ne savais pas assez de chinois pour essayer d'en louer une autre moi-même sans attirer les soupçons, et d'ailleurs où l'eussé-je prise, ne connaissant pas le chemin ? Force fut donc d'intervenir dans le différend et d'y mettre fin en promettant de payer la somme en litige lorsque je serais arrivé à la fin du second relais. Mes coquins avaient évidemment compté là-dessus, mais du moins ce compromis terminait la dispute.

Nous repartîmes donc, et, sans plus d'encombre, j'arrivai à Kan-du. Pendant toute cette course de vingt-huit à trente lis (trois ou quatre lieues), je n'avais pas aperçu mes domestiques, et je m'attendais à quelque mésaventure en arrivant à ma destination. Mes porteurs parlaient un dialecte que je comprenais à peine, et à mesure que nous avancions j'étais plus inquiet de ce qui allait arriver. La seule chose qui ressortait pour moi de la conversation de mes porteurs, c'était qu'ils me conduisaient à un « hong-le » ; mais qu'était-ce qu'un « hong-le » ? Je n'en savais absolument rien.

Apparemment, la seule attitude à adopter était

d'appliquer mes principes et faire confiance au destin. J'avais très peu d'inquiétudes quant au résultat. J'entendis longuement les hommes dire que l'on arrivait au « hong-le » et, comme j'allais regarder de quoi il s'agissait, on baissa la chaise à porteurs, et on m'annonça que nous étions au terme de notre voyage. À ma grande surprise, j'eus le plaisir de découvrir que ce « hong-le » était une auberge chinoise, paisible et confortable, fréquentée par des voyageurs de tous les coins du pays. Sortant de ma chaise, j'allai prendre place à l'extrémité de la salle commune, où, dans un monceau de bagages, je reconnus les miens qui étaient déjà arrivés, apportés par les coolies. C'était de bon augure et, en effet, quelques instants après je vis paraître mes domestiques.

Nous nous adressâmes alors à l'aubergiste pour lui demander de nous faire voir un bateau qui nous conduisît dans le département de Hwuy-chow. Outre son métier d'aubergiste, il faisait aussi celui de procureur de « chops », autrement dit, il se chargeait d'engager par traité écrit des bateliers pour le transport des voyageurs. C'est l'usage en Chine. Lorsqu'un domestique s'engage ou lorsqu'un batelier affrète son bateau, ils doivent toujours se recommander de quelque personne bien établie qui devient la caution du domestique ou du batelier, et garantit leurs services par écrit. Cet écrit, qui s'appelle un « chop », est remis au maître ou à l'affréteur du bateau, qui le garde jusqu'à ce que les conditions du contrat soient remplies à sa satisfaction. Ce système est universellement suivi par les Chinois, qui semblent n'avoir aucune confiance dans les classes inférieures.

Je dépêchai immédiatement Wang pour avoir un bateau, et je lui donnai l'ordre d'amener le batelier à l'auberge pour avoir un contrat signé. Mon coolie profita de la circonstance pour courir après Wang et je restai seul encore une fois.

L'auberge où je me trouvais se composait d'un grand et vieux bâtiment, agréablement situé sur le bord du Fleuve Vert. L'étage inférieur était, à vrai dire, un grand magasin rempli de marchandises de toute espèce et des bagages des voyageurs. À l'extrémité de cette vaste salle, on voyait une grande table où l'hôte dînait d'ordinaire avec ses commensaux ; autour de cette table, cinq ou six Chinois de bonne mine, fumant leurs longues pipes de bambou, parlaient du commerce et de la situation des affaires. Ils m'offrirent, avec beaucoup de politesse, une place à côté d'eux ; je m'assis donc et, pour faire comme les autres, je me mis à fumer. Leurs domestiques, dispersés dans les coins du magasin, s'occupaient des bagages ou dormaient profondément ; personne ne semblait faire attention à moi, et je me trouvai bientôt parfaitement à l'aise.

Il se présenta cependant un petit incident qui ne laissa pas de me contrarier beaucoup alors, mais que depuis je n'ai jamais pu me rappeler sans rire de bon cœur. L'heure du dîner était arrivée, et, pour laisser mettre le couvert, mes Chinois s'étaient levés et se promenaient dans la salle en attendant. Il était plus de midi, et, comme je n'avais rien mangé depuis le matin, je me sentais un appétit formidable. On croira sans doute qu'avec de pareilles dispositions je dus être fort satisfait de voir annoncer le dîner. Il n'en était rien cependant, et voici pourquoi : il y avait trois ans que je n'avais mangé avec des bâtonnets, et je me défiais beaucoup de mon talent à m'en servir. Ce détail si important, je n'y avais pas encore songé, autrement j'aurais pratiqué sur mon bateau de Shanghai à Hang-chow, et, arrivé à Kan-du, j'aurais pu être assez habile pour oser me risquer. Déshabitué comme je l'étais de ces ingénieux instruments, je ne pouvais manquer d'éveiller l'attention des Chinois, car rien ne pouvait leur sembler plus étrange qu'un individu qui ne savait pas se servir de leurs baguettes. Par raison, je fus contraint, et à mon grand regret, je l'avoue, après n'avoir pas déjeuné, de renoncer encore à tout projet de dîner pour ce jour-là.

Cependant la table était servie, les convives appelés par leurs noms étaient priés de s'asseoir. « Sing-wa, Sing-wa » (c'était le nom chinois que j'avais pris), « venez et asseyez-vous pour dîner. » J'avais bien envie de risquer l'aventure, mais la prudence l'emporta et je répondis : « Non, je vous remercie, je dînerai tout à l'heure, quand mes domestiques seront revenus. » Ils revinrent en effet bientôt, amenant un batelier pour passer un contrat en forme par-devant l'aubergiste, qui devait le garantir. Dès que cette importante opération fut terminée, nous quittâmes l'auberge pour nous rendre au bateau, où d'autres voyageurs avaient déjà pris place et où nous devions passer la nuit, ayant arrêté de partir le lendemain matin au point du jour. Pour moi, cette journée avait été pleine d'émotions, et je ne fus pas fâché, lorsque la nuit fut venue, de voir chacun se retirer dans son coin pour dormir, et laisser le bateau dans le silence et dans l'obscurité.

Le Tsien-tang-kiang, ou Fleuve Vert, sur lequel nous allions naviguer, prend sa source très loin dans les montagnes de l'Ouest. Un de ses bras vient des montagnes qui produisent le thé vert, un autre du voisinage de la ville de Chang-shan, sur les limites du Kiang-see, et le troisième du versant septentrional des montagnes Bohea, qui produisent le thé noir. Ces bras se réunissent à l'est de Hang-chow, et se jettent dans la mer, sous les murs de cette ville. Tous les thés verts ou noirs qui s'expédient par Shanghai suivent le cours de cette rivière, et sont transbordés à Hang-chow dans les bateaux qui naviguent sur le Grand Canal. L'importance de Hang-chow est donc très grande au point de vue commercial. Toutes les marchandises qui viennent du Sud et de l'Ouest y passent pour se rendre à Shanghai ou dans les provinces populeuses de Soo-chow et de Sung-kiang. De même toutes les importations étrangères et les produits du littoral, tels que le coton et la soie passent nécessairement par Hang-chow pour se rendre au Sud et à l'Ouest. C'est donc comme la barrière d'une grande route que rien ne peut franchir à la remonte ou à la descente sans la permission de l'autorité.

La puissance d'action que cette place donne aux mandarins sur nos importations et nos exportations par Shanghai est très grande ; de là aussi des plaintes fréquentes, motivées par les exactions des mandarins, par les délais qu'ils font subir aux marchandises. Le jour ne saurait être éloigné où il nous sera permis de voyager et de trafiquer en Chine aussi librement que dans les autres pays de la terre ; mais en attendant il serait sage à notre gouvernement de chercher à nous ouvrir la ville de Hang-chow, ou tout au moins d'y avoir un agent consulaire pour veiller aux intérêts de notre commerce.

2

Départ de Hang-chow. — Un bateau de passage. — Nos compagnons de voyage. — Un fumeur d'opium. — Je suis découvert. — Yen-chow-foo. — Un Chinois trompe un Chinois ! — Beauté de la région. — Découverte d'un nouveau cyprès. — Rivière et mendiants.

Dès que le jour parut, le lendemain, nous nous mîmes en route ; notre bateau était solidement construit, à fond plat, à formes très fines de l'arrière et de l'avant. Les bateaux ordinaires, comme ceux que l'on voit à Shanghai, ne pourraient pas naviguer dans les eaux du Tsien-tang-kiang ; ils se briseraient bientôt sur les rochers qui abondent dans le lit de cette rivière rapide, mais peu profonde. Nous avions charge pleine de marchandises et une vingtaine de passagers, la cargaison à fond de cale et les passagers au-dessus. Deux rangées de cabines s'élevaient le long des murailles du bateau, et au milieu régnait un passage ouvert de bout en bout pour le service de l'équipage et pour les promenades des voyageurs. Ceux de première classe occupaient les cabines, leurs domestiques couchaient dans le passage.

J'avais le dernier lit, d'un côté, à l'arrière du bateau ; un nain occupait le lit d'en face, et entre nous deux dormaient mes domestiques. La cuisine était à l'extérieur, près du gouvernail.

Chaque voyageur, en arrêtant sa place dans ces bateaux, fait marché pour trois repas par jour. Nous avions du riz le matin, du riz à midi et du riz le soir. Quant au reste, thé, poisson, viande, fruits ou légumes, c'étaient aux passagers à s'en pourvoir et à l'apprêter eux-mêmes. Cet arrangement est bon en ce sens qu'il permet aux pauvres de voyager à très bon compte. La plupart de mes compagnons de voyage n'avaient rien à manger que ce qui leur était fourni par le bateau, sauf peut-être un peu de thé ; car tous en avaient dans leurs bagages, et dans ce pays il est à très bon marché.

Le matin, on m'apporta une cuvette d'eau chaude contenant un linge, pour mes ablutions. Les Chinois procèdent de la façon suivante : ils trempent le linge dans l'eau chaude puis l'essorent pour en ôter l'eau. Le linge humide et chaud est posé sur les deux mains ouvertes et l'on se frotte le visage, le cou et la tête. Cette façon de se laver n'est pas la plus efficace, mais il n'y a rien de plus rafraîchissant par une chaude journée, lorsque l'on rentre après une marche torride et fatigante. Cela est bien plus rafraîchissant qu'un bain dans de l'eau froide, et sans doute plus sain. Puis, dès que j'étais habillé, on m'apportait une tasse de thé, de thé dans le sens strict du mot, sans sucre et sans lait. Vers huit heures, le cuisinier nous faisait servir six grands pots de terre remplis de riz, que l'on déposait dans le passage entre les lits. Les passagers s'organisaient d'eux-mêmes en plats, quatre par plat, et le déjeuner commençait. Dans ce système, le nain qui occupait le lit en face du mien, mes deux Chinois et moi nous formions le plat de l'arrière. Chacun était fourni d'une tasse au moins et d'une paire de bâtonnets ; une cuiller en bois, servie avec le grand pot de terre, offrait à chacun les moyens de remplir sa tasse.

N'ayant absolument rien mangé la veille que quelques patates douces, j'étais dans les meilleures conditions pour faire honneur à la cuisine du bord, si peu appétissante qu'elle fût, et j'étais trop talonné par le besoin pour m'inquiéter de la présence de mes compagnons de voyage et des remarques qu'ils pourraient faire sur ma maladresse à me servir des bâtonnets. Il se trouva cependant que je ne m'en tirai pas trop mal ; mais il faut ajouter qu'il est plus facile de manger du riz qu'autre chose avec ces ingénieux instruments, attendu que l'usage autorise à porter la tasse à sa bouche en poussant le riz avec les baguettes.

Comme le courant et le vent étaient favorables, nous glissâmes le long du fleuve très rapidement. C'était une superbe journée d'automne, et le paysage tout entier était des plus charmants. Nous avions laissé derrière nous la grande plaine de Yang-tse-kiang, et le paysage était à présent vallonné et très romantique. Les collines étaient couvertes de forêts. Des pins, des cyprès et des genévriers s'étendaient presque du pied jusqu'aux sommets, et leur feuillage d'un vert sombre contrastait avec celui d'un rouge profond de l'arbre à suif, qui pousse en abondance dans les plaines. On voyait encore quelques mûriers aux alentours de Hang-chow mais, en remontant un peu la rivière, leur culture semblait s'arrêter. Le tabac, le maïs indien, le millet et un peu de riz paraissaient former le plus gros de la production des plaines. On trouvait aussi du millet et du maïs indien sur les parties inférieures des collines.

On apercevait çà et là des temples bouddhistes et des pagodes, qui se détachaient bien au-dessus des arbres. L'un de ces temples est nommé Lui-foong-ta, ou « le temple des vents rugissants ». Il se dresse sur la rive du lac See-hoo et semblait être un édifice très ancien. Sur ses murs poussaient des ronces et autres mauvaises herbes, jusqu'au sommet, et il tombait de toute évidence en ruine. C'était une figure remarquable dans ce paysage, et n'était pas sans me rappeler ces vieux châteaux en ruine que l'on croise si souvent aux frontières de l'Écosse et de l'Angleterre.

À la tombée de la nuit, quand l'obscurité nous empêcha de poursuivre notre chemin, le bateau fut amarré à la hauteur d'un petit village jusqu'au matin, puis nous repartîmes. Nous nous trouvions à présent à cinquante milles au sud-ouest de Hang-chow-foo.

Ici, les collines n'avaient pas cette apparence de richesse qu'avaient celles plus proches de la côte, mais elles étaient bien plus remarquables de par leur disposition. Leurs flancs étaient striés et sillonnés d'une façon très particulière, et leurs sommets se découpaient en une multitude de pointes et de cônes. Certaines étaient de faible altitude, d'autres atteignaient trois ou quatre mille pieds, et toutes étaient déchiquetées, arides et nues.

À présent, le fleuve se rétrécissait, devenait peu profond et jalonné de rapides. Près de Hang-chow-foo, la population paraissait très dense, mais ici, les personnes capables de cultiver la terre étaient si rares, que celle-ci n'aurait pu nourrir de nombreux habitants. Nous ne traversâmes que deux villes dignes d'intérêt, Fuyang et Tung-yu, sur le chemin entre Hang-chow et Yen-chow-foo, soit une distance de trois cent quatre-vingts lis. Les villageois de ces collines semblaient tirer de maigres revenus de la coupe du bois de cheminée qu'ils envoyaient dans les villes des basses terres pour le vendre.

Mes compagnons de voyage, qui étaient des marchands avec leurs domestiques, étaient des gens calmes et très inoffensifs ; ils ne faisaient guère autre chose que manger, fumer et dormir. L'un d'eux était un fumeur d'opium qui devait mourir dans l'impénitence finale ; il était l'esclave abruti d'une déplorable habitude. J'ai vu beaucoup de fumeurs d'opium dans mes voyages, mais c'est celui-là qui m'a paru le plus à plaindre de tous. C'était évidemment un homme assez élevé dans l'échelle sociale et il avait beaucoup d'argent. Son lit était entouré de rideaux de soie, ses oreillers étaient magnifiquement brodés, sa couverture était du satin le plus riche et le plus moelleux ; tout en lui annonçait la richesse et la sensualité.

Jetons un regard discret derrière le rideau du lit et je vous décrirai ce que j'ai vu le jour de notre première rencontre. Une petite lampe brûlait à ses côtés. Il avait à la bouche une pipe à opium et en inhalait les bouffées hallucinogènes. Après avoir fumé pendant quelques minutes, il commença à avoir l'apparence qu'a un homme ivre au premier stade de l'intoxication. Les vapeurs avaient produit leur effet et il se trouvait à présent dans son « troisième paradis du bonheur suprême ».

Au bout d'une minute ou deux, il se leva d'un bond, demanda sa théière et but une grande lampée de thé. Il se promena ensuite de part et d'autre du bateau, de toute évidence très excité, parlant et plaisantant avec tous ceux qu'il croisait. Quelques instants plus tard, il se mit à fumer du tabac, puis il but de nouveau du thé et se coucha pour dormir. Son sommeil fut cependant de courte durée, apparemment troublé par des rêves étranges et effrayants. Il s'éveilla enfin, mais ce ne fut que pour renouveler la même opération, et ainsi de suite, jour après jour. Même dans le silence de la nuit, alors que tout était plongé dans le plus grand calme, son besoin de stimulant venait à bout de sa faible capacité de résistance. Très souvent au cours de ce voyage, lorsqu'il m'arrivait de me réveiller au milieu de la nuit, je voyais brûler sa petite lampe et je sentais les fumées écœurantes tandis qu'elles tourbillonnaient vers le plafond du bateau.

Les effets qu'une consommation immodérée d'opium avait produits sur cet homme étaient des plus mélancoliques. Il avait le visage maigre et émacié, les joues pâles et hagardes et sa peau avait ce teint vitreux si particulier grâce auquel on reconnaît sans doute possible un fumeur d'opium. De toute évidence, ses jours étaient comptés. Bizarrement, pourtant, cet homme s'efforçait de convaincre les autres et lui-même qu'il fumait pour des raisons médicales, et que la consommation d'opium était indispensable à sa santé. Dans ces moments d'excitation, quand je le regardais, je ne pouvais m'empêcher de penser à quel point l'homme est une créature pitoyable, la plus noble œuvre de Dieu, quand les plaisirs sensuels et les divertissements exercent sur elle une telle emprise, comme c'était le cas de ce pauvre fumeur d'opium.

Le premier jour, tous les passagers me considéraient comme l'un des leurs, et je me dis, non sans plaisir, que j'étais devenu un Chinois tout à fait correct. Cependant, mon coolie, un garçon stupide et bavard, eut l'impression de détenir un secret et dut trouver le poids de ce secret insupportable. À une ou deux reprises, je le surpris en grande conversation avec l'un des bateliers, et j'appris par la suite qu'il avait révélé à cet homme, dans le plus grand des secrets, bien sûr, que j'étais un étranger, l'un de ces « hong-mous », comme il y en avait tant à Shanghai. Peu à peu, le *secret* se propagea, et bateliers et passagers me lançaient des regards furtifs quand ils pensaient que je ne les voyais pas. Soupçonnant que tout n'allait pas pour le mieux, j'appelai Wang et lui demandai comment il se faisait que j'étais tout à coup devenu un tel centre d'intérêt.

« Oh ! dit-il dans la langue qui passe pour de l'anglais en Chine, *that coolie he too much of a fool-o, he have talkie all that men you no belong this country, you more better sendie he go away, suppose you no wantye too much bobly* » ; ce qui signifiait : « Ce coolie est un sot, il a dit à tout le monde que vous n'êtes pas du pays ; vous feriez mieux de le renvoyer, si vous ne voulez pas qu'il arrive quelque malheur. »

La chose était faite, j'aurais puni le coolie que cela n'eût servi de rien ; j'en pris flegmatiquement mon parti. D'ailleurs il ne nous arriva rien d'intéressant jusqu'à Yen-chow-foo, grande ville située à environ trois cent quatre-vingts lis (vingt-cinq ou trente lieues) de Hang-chow, par 29° 37' 12" de latitude nord, et 119° 32' 47" de longitude est. Elle est fortifiée comme toutes les villes chinoises, ses remparts ont au moins quatre milles de circonférence. À en juger par son étendue, elle peut avoir deux cent mille habitants ; mais ils ne semblent pas être aussi riches, ou du moins ils ne sont pas aussi bien habillés que ceux de Hang-chow.

Un peu au-dessous de la ville, on voit deux jolies pagodes, dont l'une, bâtie sur un rocher conique très curieux, se nomme Hoo-lung-tâ. Là, la rivière se partage en deux bras, ou plutôt c'est le confluent de deux bras, dont l'un vient du sud et prend sa source sur les confins du Kiang-see et de Kiang-nan, sur le versant septentrional des montagnes Bohea. J'aurai l'occasion d'en reparler. L'autre est celui qui vient du département de Hwuy-chow, du pays du thé vert.

Cela semble être un endroit très ancien, mais, à en juger par le petit nombre de bateaux amarrés sur la rive opposée, je ne pense pas qu'il soit d'une grande importance en matière de commerce. Ici, on fabrique un nombre considérable d'articles bruts en laque, vendus bien meilleur marché que dans les villes plus proches de la côte. C'est un endroit où s'arrêtent tous les bateaux de Hwuy-chow et l'on y pratique beaucoup le commerce des objets de la vie courante.

Les collines environnantes de Yen-chow-foo sont arides, mais les vallées et basses terres sont riches et fertiles. La ville est considérée comme étant à mi-chemin entre Hang-chow et Hwuy-chow, et nos bateliers semblaient penser que cela pourrait être prétexte à un arrêt dans une auberge où ils pourraient séjourner quelque temps. De plus, le fleuve était devenu plus rapide, et il était nécessaire d'augmenter considérablement la taille de notre équipage. Nous passâmes deux jours à organiser cela et à faire divers achats, comme des sandales de paille pour les hommes, du riz pour le reste du voyage et des articles que nous vendrions à profit plus loin dans les terres. Je ne regrettai pas ce contretemps, car il m'avait donné l'occasion de visiter la vieille ville, de même qu'une partie du pays qui m'était entièrement inconnue.

Durant notre séjour, mon domestique Wang, un homme stupide et obstiné, faillit nous mettre tous dans un sérieux pétrin. Il avait semble-t-il donné à l'un de nos bateliers un faux dollar en paiement d'une dette. Ce dernier le rapporta, incapable de l'écouler en ville. Entre-temps, Wang avait avalé une bonne quantité de sam-shoo (un alcool chinois) et se trouvait dans un état d'excitation intense quand on lui rapporta le dollar. Il affirma qu'il ne s'agissait pas du même que celui qu'il avait donné au batelier et qu'il n'avait rien à voir dans cette affaire. Après quelques frictions, toutefois, il le reprit, et partit pour la ville, dit-il, afin de l'écouler lui-même. Au bout de quelques minutes, il s'en revint les épaules chargées d'un sac de petite monnaie, criant d'un air triomphant que « le dollar était tout à fait valable, et qu'il n'avait eu aucun mal à l'écouler, contrairement à cet imbécile de batelier ». Il jeta la petite monnaie à l'autre en lui demandant d'un ton furieux et excité s'il était satisfait, à présent. Ce dernier ramassa les chapelets de pièces très calmement et se mit à les compter en les examinant. Il les rendit au bout de quelques secondes, disant que les pièces étaient si mélangées et de mauvaise qualité qu'il serait impossible de s'en servir pour acheter quoi que ce soit, sauf à grande perte, et qu'il n'en voulait pas. Il exigea de nouveau de recevoir en paiement une pièce de monnaie impeccable. Wang feignait à présent d'être indigné. « Je t'ai donné un dollar, dit-il, et tu as dit qu'il n'était pas bon, je l'ai échangé et je t'ai donné de la monnaie, et tu me la rends. Je t'en prie, dis-moi ce que tu veux ! » Les passagers s'étaient regroupés autour d'eux, tout semblait présager une sérieuse bagarre. Toutefois, après beaucoup de cris, le pauvre homme empocha sa monnaie tout en protestant qu'il avait été dupé, et en menaçant de prendre sa revanche sur Wang sans tarder.

Au bout de deux jours, les hommes de renfort étaient engagés et les achats terminés, nous remontâmes le fleuve, laissant derrière nous la ville de Yen-chow. Nous nous dirigions à présent vers le nord-ouest. Le courant de la rivière devenait en certains passages très rapide, si rapide même qu'il faisait tourner des moulins à eau pour moudre le riz et les grains. C'est à quelques milles au-dessus de Yen-chow-foo que je vis pour la première fois une de ces machines. Au premier abord, je la pris pour un bateau à vapeur, et j'avoue que je fus très surpris. J'imaginai que les Chinois nous avaient dit la vérité lorsque, dans le Sud, ils nous soutenaient que les bateaux à vapeur étaient très communs dans l'intérieur du pays. En l'examinant de plus près, je trouvai que le prétendu bateau à vapeur était une machine à peu près ainsi conçue : un grand bateau était solidement amarré de l'arrière et de l'avant sur le bord du fleuve, dans un endroit où le courant était très fort ; deux roues assez semblables à celles d'un bateau à vapeur étaient posées sur les flancs du bateau et reliées entre elles par un arbre de couche ; sur cet axe étaient disposées de nombreuses dents, dont chacune, en faisant son évolution, soulevait à une certaine hauteur et laissait retomber un pilon pesant sur du grain dans un mortier. Ces pilons montaient et descendaient continuellement, grâce au mouvement rapide que la force du courant imprimait aux roues. Le bateau était recouvert d'une toiture qui le protégeait contre le soleil et la pluie. En remontant plus avant dans le fleuve, ces espèces de moulins devenaient très nombreux.

Nous n'avancions que très lentement ; à chaque instant nous rencontrions des rapides qui nous prenaient beaucoup de temps, malgré les quinze hommes qui nous remorquaient avec de longues cordes attachées au mât de notre bateau ; et cinq ou six autres qui poussaient du fond avec de longs bambous. Loin de me plaindre cependant de cette lenteur, je m'en félicitais parce qu'elle me permettait d'explorer à mon aise les richesses botaniques du pays. Je me levais dès la pointe du jour, employant la matinée à parcourir les montagnes entre lesquelles le fleuve était encaissé, ne rentrant à bord que pour l'heure du déjeuner. Je retournais ensuite à terre accompagné de mes domestiques, qui portaient les graines, les plantes ou les fleurs que nous pouvions découvrir. Nous commencions par monter sur la colline la plus proche, d'où nous étudiions le cours de la rivière et le nombre des rapides que notre bateau pouvait avoir à franchir, pour avoir une idée du chemin qu'il ferait dans la journée. Si les rapides étaient nombreux, nous savions que nous pouvions en prendre à notre aise et pénétrer dans des terres en toute sécurité ; si, au contraire, la rivière semblait facile, nous avions soin de ne pas trop nous éloigner de ses bords.

Dans les journées des 29 et 30 octobre, nous

traversâmes successivement les villes de Tsa-yuen, Tsasa-poo, Kang-koo et Shang-iyuen, toutes villes importantes, surtout la dernière qui doit compter au moins cent mille habitants. Les plantations de thé devenaient de plus en plus considérables sur les versants des montagnes, car nous nous trouvions sur les limites du pays que j'allais explorer. Dans les vallées, les camphriers étaient très nombreux, surtout près des villages. Les arbres à suif occupaient toujours une grande place parmi les cultures du pays, et dans cette saison de l'année, couverts comme ils étaient de leurs fruits rouges et de leurs feuilles, ils produisaient le plus bel effet dans le paysage.

Les jours passaient donc agréablement. Le temps était superbe, les indigènes calmes et paisibles, et le paysage des plus pittoresques. Mes Chinois et moi-même, souvent fatigués et les pieds meurtris, nous asseyions au sommet des collines pour étudier et admirer le magnifique paysage qui nous entourait. Le noble fleuve, limpide et scintillant, ondulait parmi les collines. Là, il était régulier comme de l'herbe, profond et calme, ailleurs, peu profond, il dévalait rapidement sur son lit rocailleux. À certains endroits, les arbres et les buissons se penchaient sur ses rives et trempaient leurs branches dans l'eau, tandis qu'ailleurs, les rochers surgissaient de l'écume, défiant le courant rapide.

Tout le pays était vallonné, et les montagnes, au loin, s'élevaient de trois cents à trois mille pieds, et étaient remarquablement pointues, striées et sillonnées de plantations. Tous ces points de vue étaient tout à fait charmants et leur souvenir restera longtemps gravé dans ma mémoire.

Les feuilles étaient passées d'un ton vert clair à un rouge sang profond. Un autre arbre, une variété d'érable que les Chinois nomment « fung-gze », était aussi des plus pittoresques pour les mêmes raisons.

Ces deux arbres formaient un contraste saisissant avec le feuillage vert foncé du pin.

C'est dans ces courses que je découvris une variété de palmier, un *Chamaerops* qui est de la plus grande utilité aux Chinois, et que j'espère voir acclimaté un jour en Angleterre et dans tous les pays du midi de l'Europe. Dans ce but, j'en ai adressé quelques plants à sir William Hooker, aux jardins royaux de Kew, avec prière d'en offrir au moins un à SAR le prince Albert pour son jardin d'Osborne, dans l'île de Wight, et, dans le *Botanical Magazine* du mois de mars 1850, j'ai eu le plaisir de lire, sous la plume de sir W. Hooker : « Un palmier, *Chamaerops excelsa*, envoyé de Chine par M. Robert Fortune, a bravé sans défense aucune les rigueurs du dernier hiver. » C'est cause gagnée.

Mais le plus bel arbre que je trouvai dans ce pays, c'est une espèce de saule pleureur que je n'avais jamais vue nulle part ailleurs. Dans une de mes courses, à environ un demi-mille de distance, je remarquai un arbre au port majestueux, haut d'une soixantaine de pieds, ayant le tronc aussi droit que le pin de l'île Norfolk, et des branches tombantes comme le saule de Sainte-Hélène. Qu'était-ce ? Évidemment il appartenait à la famille des pins, mais il était plus beau et plus gracieux qu'aucun d'eux. Aussitôt je me dirigeai, ou, pour dire la vérité, je courus vers le lieu où il s'élevait, à la grande surprise de mes compagnons de voyage, qui crurent que j'étais devenu fou. Comme pour exciter d'autant plus mon imagination, il était couvert de fruits mûrs ; il fallait m'en procurer quelques-uns à tout prix. Mais l'arbre était enfermé dans un terrain clos de murs ; heureusement c'était le jardin d'une auberge. J'avoue que j'avais la tête montée au point de vouloir d'abord escalader le mur, et que j'eus besoin de me raisonner pour ne pas le faire, et de me dire qu'en ma qualité de soi-disant Chinois je commettrais tout au moins une inconvenance, si je me laissais aller à l'emportement de mes désirs. Je pris donc le parti d'entrer dans l'auberge, de m'asseoir tranquillement à une table et de commander un dîner. J'eus la patience de le consommer, puis de fumer une pipe avant d'aller me promener dans le jardin, où notre hôte, formaliste et poli comme un Chinois, me fit l'honneur de m'accompagner. « Quel bel arbre vous avez là ! lui dis-je ; nous n'avons pas vu le pareil sur le littoral d'où nous venons ; seriez-vous assez bon pour nous donner quelques-unes de ses graines ? – C'est un bel arbre, en effet », répondit l'aubergiste, évidemment flatté de mon compliment ; et tout aussitôt il s'empressa d'accéder à ma requête. Je n'ai pas besoin de dire que je serrai précieusement les graines qu'il voulut bien me donner ; elles sont arrivées depuis saines et sauves en Angleterre, elles y ont bien réussi, et avant peu d'années nous pouvons espérer de voir embellir nos campagnes par cet arbre magnifique et charmant qui a reçu le nom de *funeral cypress* (cyprès funéraire).

Le professeur Linley, à qui j'avais envoyé les spécimens séchés obtenus pendant ce voyage, les jugea comme étant des « acquisitions du plus grand intérêt », et il ajouta : « Nous en avons reçu un spécimen qui nous permet d'affirmer qu'il doit s'agir d'une plante de toute beauté. On peut la décrire comme comparable à un saule pleureur en pleine croissance, avec le feuillage du sapin, mais d'un vert plus vif. Ce n'est pourtant pas un genévrier, comme le savin, mais un véritable cyprès. On a longtemps déploré que le cyprès italien ne puisse être adapté à nos climats et décorer nos cimetières. Nous disposons à présent d'un arbre plus fin et encore mieux adapté à cet usage. »

À l'aube du 31 octobre, nous quittâmes la ville de Shang-iyuen, à la hauteur de laquelle nous nous étions amarrés pour la nuit, pour continuer notre voyage. Très vite, nous atteignîmes une région vallonnée et sauvage, où l'on distinguait un écho des plus étranges que les Chinois appelaient « fungshu ». Les bateliers et les passagers s'amusèrent à crier et à produire des sons étranges de leurs voix les plus aiguës. Ceux-ci étaient repris, et répétés distinctement encore et encore, d'abord sur les collines les plus proches, puis sur les autres, jusqu'à mourir doucement. Les Chinois ont des idées préconçues bien étranges sur cet endroit. Ils me racontèrent que l'esprit des défunts choisissait souvent pour domicile ce paysage superbe et sauvage, et ils disaient que c'était eux qui répétaient ces sons et en renvoyaient l'écho de colline en colline.

Le jour passant, nous arrivâmes à l'un de ces rapides si difficiles à franchir, et remarquâmes un grand nombre de bateaux qui attendaient les plus gros pour leur rendre visite. C'étaient des mendiants de rivière. Dans chacun d'eux on voyait un vieillard, homme ou femme, dont les cheveux étaient blanchis par les années et qui semblait être tombé dans un état d'imbécillité ou de seconde enfance. Tous, ils comptaient sur les aumônes des gens venus des riches provinces du littoral. Les Chinois, il faut le dire à leur honneur, aiment et respectent la vieillesse, et pour preuve je puis citer l'histoire d'un amiral anglais qui, poursuivi et menacé de près par la populace de Canton, la vit s'éloigner avec respect et lui ouvrir un passage lorsqu'en retirant son chapeau il eut montré ses cheveux blancs. Une autre vertu des Chinois, c'est la charité. Tous les matins nos bateliers mettaient de côté, dans un vase de bambou, une portion de riz qu'ils destinaient aux pauvres ; j'avoue que jusqu'alors je n'avais pas soupçonné que les gens des classes inférieures, en Chine, fussent aussi charitables. Nos bateliers, certes, n'étaient pas riches, et cependant ils savaient toujours s'arranger de telle façon que presque pas un des mendiants qui venaient solliciter leur générosité, et Dieu sait si elle fut mise à l'épreuve, ne les voyait passer sans obtenir d'eux quelque chose.

Le fleuve était parfois si peu profond et jonché de pierres que les bateaux ne pouvaient passer qu'en longeant la rive. Les mendiants de la terre ferme, connaissant fort bien les lieux, s'y postaient toujours. Chacun d'eux tendait un panier suspendu à une tige de bambou vers les bateliers en demandant l'aumône. Ces hommes étaient presque aussi importuns que leurs confrères en bateau, et leurs requêtes étaient généralement satisfaites.

Peu de ces mendiants, et ils étaient légion, repartaient sans avoir reçu d'aumône. Cela s'expliquait peut-être par le fait que ces bateliers, si ignorants et dévots, avaient dans l'idée qu'ils seraient bénis en « semant du pain sur l'eau ».

3

Wae-ping. — Wang en danger. — Fausse alarme. — Entrée dans la région de Hwuy-chow. — Nous quittons le bateau. — Un jardin de mandarin. — Premier aperçu de Sung-lo-shan.

Dans la soirée du 31 octobre, nous atteignîmes Wae-ping, une ville d'une taille considérable, murée et fortifiée, qui devait compter cent cinquante mille habitants. Nous nous trouvions juste aux limites de la région de Hwuy-chow.

La querelle entre Wang et le batelier n'était toujours pas éteinte, et ce dernier considéra que le moment était propice à sa revanche. Au cours des deux jours précédents, il n'avait cessé de laisser entendre à certains autres passagers qu'il avait l'intention d'entrer en action à Wae-ping. Ces hommes répétèrent immédiatement ces paroles à Wang, et celui-ci commença à avoir grand-peur. Les autres Chinois, dont il n'avait guère la sympathie, semblaient prendre plaisir à le voir ainsi effrayé et firent de leur mieux pour exagérer le danger auquel il était exposé. Il s'était querellé avec eux à plusieurs reprises au cours du trajet, et la plupart d'entre eux lui en gardaient rancune. La situation en était à ce point regrettable quand nous atteignîmes Wae-ping.

Aux environs de huit heures du soir, il faisait nuit noire, nous amarrâmes notre bateau sous les murs de la ville. Les bateliers débarquèrent, comme ils avaient coutume de faire chaque fois que nous nous arrêtions à proximité d'une ville. Un ou deux d'entre eux, qu'on avait chargés de s'occuper du bateau, s'allongèrent pour dormir, fatigués par le labeur de la journée. La plupart des passagers suivirent leur exemple. C'est alors que je remarquai mes deux hommes en grande conversation, mais je n'y prêtai guère attention, car c'était là chose courante. Exténué par mes promenades de la journée, je me couchai sur mon lit et laissai mes pensées dériver vers des contrées lointaines.

Mes méditations se transformaient peu à peu en rêves, quand je sentis le contact d'une main. Puis je perçus une voix, que je reconnus comme celle de Wang, qui m'informa que je ne devais pas m'endormir. Comme je lui demandai pourquoi, il me répondit qu'il venait de découvrir que les bateliers conspiraient contre nous et que, cette nuit-là, nous serions tous noyés dans le fleuve. « Ils sont allés en ville chercher des amis pour leur prêter main-forte, dit-il, et ils attendent le moment où nous serons tous endormis. »

Je ne savais que penser de cette affaire. Nous nous trouvions à présent à environ trois cents milles de Shanghai ou Ning-po. Il faisait nuit noire, et si cette menace venait à se réaliser, il n'y avait que fort peu de chance que nous reçussions quelque aide extérieure. Je ne pouvais cependant croire que, au cœur de ce pays, où les gens étaient en général calmes et inoffensifs, un acte de la sorte puisse être commis en toute impunité. C'est pourquoi je ne me levai pas, comme Wang le souhaitait, mais je lui dis que je ferais en sorte de rester éveillé.

La ville de Wae-ping se dresse sur les hautes rives du fleuve Hwuy-chow. Grâce à la lueur formée par les torches et lanternes des Chinois, on apercevait l'une des portes. La route, tracée dans un plan incliné, montait du fleuve jusqu'à cette porte, et était visible du bateau. Tous les Chinois portent des lanternes, il nous était donc aisé de voir ceux qui quittaient la ville et descendaient vers le fleuve. La soirée était calme, quoique sombre, et l'on entendait le moindre son, même de très loin. La porte de la ville s'ouvrit enfin, et une douzaine d'hommes en sortirent, portant chacun une lanterne. Ils descendirent la pente vers le bateau. « Vite ! vite ! Levez-vous ! s'écria mon domestique, ils arrivent. » Je me levai d'un bond et anticipai l'attaque prévue en affichant la meilleure maîtrise de soi dont j'étais capable. Mes deux Chinois apparurent dans un état de grande inquiétude et restèrent aussi proches de moi qu'il leur était possible. L'homme de tête arriva enfin et, sautant d'un pas léger sur le bateau, jeta un coup d'œil à travers la porte. « Hilloa ! Que veux-tu ? » s'écrièrent en chœur mes deux hommes. L'homme nous adressa un sourire, dit que c'est pas à nous qu'il en voulait, et sauta de notre bateau sur une embarcation voisine. Ses compagnons disparurent également parmi les bateaux qui nous entouraient, nous laissant sains et saufs. « Voyez-vous cela ? dit Wang. Vous ne vouliez pas me croire quand je vous disais qu'ils avaient l'intention de nous capturer et nous noyer. Si nous n'avions pas été réveillés et à l'affût, il en aurait bien vite été fini de nous. »

Je dois avouer que je commençai à réviser mon opinion, et ne sus que penser de cette affaire. Pour un spectateur connaissant à l'avance le fin mot de l'histoire, cette scène aurait pu sembler des plus cocasses. Mais cela me paraissait trop grave pour que j'en apprécie la drôlerie. Aucun des autres passagers ne dormait, bien qu'ils fussent tous couchés, et ils continuèrent à discuter en chuchotant, attitude des plus suspectes qui ne présageait rien de bon. J'étais certain que nous ne pouvions en attendre aucune aide. Il n'était pas impossible, au contraire, qu'ils se retournent contre nous et prennent le parti des bateliers.

Une trentaine de minutes après la première alerte, la porte de la ville s'ouvrit de nouveau, et on vit des hommes descendre le chemin, munis de lanternes, comme les précédents. Il s'avéra cette fois qu'il s'agissait des bateliers absents, ceux qui étaient soupçonnés de conspiration avec leurs amis de la ville. En montant à bord, ils s'efforcèrent d'avoir l'air surpris de nous trouver dans un tel état. Ils rirent de Wang et déclarèrent qu'ils n'avaient nulle intention de le noyer. Il leur répondit calmement qu'il n'en croyait rien et, se tournant vers moi, affirma être persuadé qu'ils fomentaient encore quelque attaque. Ces individus s'allongèrent pour dormir, et nous prièrent d'éteindre nos lampes et d'en faire autant. Toutefois, mes domestiques refusèrent de s'exécuter, croyant fermement que le sommeil des bateliers n'était que feint.

Nous demeurâmes dans cet état d'énervement de huit heures du soir à trois heures du matin. Les bateliers semblaient s'être endormis bien plus tôt. La nuit était parfaitement calme, et je ne percevais que le cliquetis des roues hydrauliques, semblables à celles des machines que j'ai déjà décrites, dont plusieurs étaient amarrées sur les rapides, face à la ville. Les murs et les remparts de la vieille ville se dessinaient, sombres comme les murs d'une prison, dans l'obscurité. Tout était calme, pourtant, et l'endroit tout entier semblait plongé dans un profond sommeil. J'avais moi-même très envie de m'endormir. Mes hommes, toutefois, s'y opposèrent, et je fus obligé de leur tenir compagnie pendant une heure de plus. Ensuite, comme il ne s'était rien passé qui puisse maintenir notre excitation en éveil, j'avais si froid et sommeil que rien ne put me persuader de rester éveillé. Je dis à Wang de me prévenir si un événement suspect survenait, et je me couchai tout habillé. Je rêvai bientôt de voleurs, de bateliers et de roues hydrauliques.

À mon réveil, je découvris qu'il faisait jour et que nous avions repris notre route, remontant rapidement le courant. Quinze de nos hommes étaient à terre et halaient le bateau. Le cuisinier, affairé, préparait le repas du matin, et tout semblait se dérouler normalement, comme si rien n'était venu nous déranger. Mes propres hommes, fatigués par une nuit de veille, avaient sombré dans un profond sommeil et s'étendaient de tout leur long sur le plancher du bateau. Comme les autres passagers dormaient également, j'eus un peu de temps pour réfléchir aux événements de la nuit précédente. Curieux de voir la vieille ville en plein jour, je sortis de la cabine et m'installai à l'arrière du bateau, près du vieil homme qui tenait le gouvernail.

Le soleil se levait, et ses premiers rayons jouaient avec les murs et les tourelles de Wae-ping. Comme ce vieil endroit paraissait différent à la lumière du jour ! Dans l'obscurité, l'imagination aidant, il évoquait un donjon, sombre et triste, habité par des voleurs et des brigands. La ville ressemblait à présent à une antique cité, arrosée par un fleuve limpide et superbe, entourée de collines et de paysages romantiques et protégée par des murs que le temps avait consacrés. Tel est le contraste entre la nuit et l'aube, et tel est le pouvoir de l'imagination.

En regagnant la cabine, je trouvai mes domestiques à peine réveillés et se frottant les yeux. « Eh bien, dis-je, vous voyez, il ne s'est rien passé, et nous sommes maintenant en route, et à quelque distance de Wae-ping. — Fort bien, me répondit l'un deux, mais si nous n'étions pas restés sur nos gardes, nous ne serions pas là ce matin. »

Le fleuve étant à présent peu profond, et très rapide à certains endroits, j'avais chaque jour l'occasion de me promener dans la campagne et d'observer ses produits. Peu après avoir quitté Wae-ping, l'un de mes guides m'informa que nous nous trouvions à la frontière d'une autre province et que je ferais mieux de ne pas trop m'aventurer hors du bateau. Je me dis que c'était là un conseil avisé et je le suivis. En cet endroit, le fleuve représente le meilleur passage d'une région à l'autre, et il est fort bien gardé par des soldats. Chaque province a sa propre ville de garde. Du côté de Chekiang, nous croisâmes une ville tout en longueur qui s'étendait sur les rives du fleuve, principalement habitée par des soldats, qui gardaient la frontière et étaient sous les ordres des mandarins de Hang-chow. Aussitôt après avoir franchi la frontière, nous atteignîmes un endroit de même taille et d'apparence semblable, également rempli de soldats, placés sous les ordres des autorités de Hwuy-chow-foo, dans la province de Kiangnan. Ces deux groupes formaient une sorte de garde frontalière et, à mon avis, n'avaient guère de sympathie l'un pour l'autre. Ils me rappelaient nos propres clans frontaliers à l'époque féodale. Les bateaux circulant sur le fleuve étaient généralement abordés et l'un des officiers examinait les papiers.

À présent, le batelier qui s'était querellé avec Wang menaçait de le punir à cette occasion, ce qui lui provoqua une grande frayeur. Toutefois, l'homme ne mit jamais sa menace à exécution, si tant est qu'il en eût jamais l'intention, et nous passâmes sans encombre cette frontière tant redoutée.

Après que nous eûmes pénétré la région de Hwuy-chow plus profondément, je pus reprendre mes promenades dans la campagne. Non seulement le fleuve était peu profond, mais il était à certains endroits si rocailleux qu'il était presque impossible de frayer un chemin au bateau. Il serpentait toujours dans un paysage vallonné et montagneux, mais les collines devenaient plus fertiles au fur et à mesure que nous avancions, et étaient parfois cultivées jusqu'au sommet. On voyait des cultures de millet et de maïs indien parmi les arbres à thé, à présent très fournis sur le versant des collines. Le maïs et le millet, poussant dans la chaleur des mois d'été et d'automne, semblaient procurer un peu d'ombre au thé, ce qui lui était probablement bénéfique. Cette pratique peut aussi s'expliquer par le goût des Chinois pour le mélange des cultures, courant dans tout le pays. Jamais je ne vis plus belles plantations de millet et de maïs indien que sur ces collines. Elles arrivaient juste à maturité (nous étions le 2 novembre) et les Chinois avaient commencé la moisson.

Cette partie du pays est d'une beauté extrême et d'un grand intérêt. Beaucoup de collines moins fertiles étaient couvertes de genévriers et de pins, tandis que, sur d'autres, des parcelles de maïs mûrissant offraient un contraste saisissant avec les feuilles vert foncé des arbres à thé dont elles étaient parsemées. J'avais à présent le plaisir de voir de nombreux bosquets de cyprès funéraires, poussant à flanc de colline, en général près des villages ou parmi les tombes. Ils étaient superbes partout et produisaient un effet incroyable dans le paysage.

En marchant à travers la campagne, j'évitais toujours, quand je le pouvais, d'entrer dans les grandes villes. À cet endroit du trajet, toutefois, tous les passagers furent obligés de descendre du bateau, afin de l'alléger et de lui permettre de franchir un rapide. Nous marchâmes tous ensemble, et atteignîmes en peu de temps une ville de taille considérable. Il se trouva que c'était un jour férié, et je fus témoin d'une scène à laquelle je n'avais jamais assisté de ma vie.

La cité se trouvait sur la rive opposée, construite à l'intersection des deux rivières. L'une d'elles était presque asséchée et son lit était le théâtre d'une fête prestigieuse. La rive sur laquelle nous nous trouvions était située à environ cent cinquante ou deux cents pieds au-dessus du lit de la rivière, de sorte que nous avions une vue unique sur ce qui se passait en contrebas.

Mon regard fut tout d'abord attiré par la proéminence d'une superbe pagode à sept étages, de quarante à cinquante pieds de hauteur, qui se dressait sur le lit asséché de la rivière. À ses côtés se trouvait un pavillon d'été plus petit, décoré de façon criarde, et supposé se trouver au cœur d'un jardin magnifique. Des silhouettes factices d'hommes et de femmes apparaissaient, assises sous les vérandas et sur les balcons, portant les plus riches costumes. Des oiseaux tels que des « wames » et des canaris chantaient aux fenêtres. Des « nelumbos » flottaient à la surface de lacs artificiels, creusés dans le lit de la rivière. Tout tendait à prouver que le maître des lieux était une personne de haut rang et d'une grande richesse.

Non loin de là se dressait un théâtre, devant lequel étaient rassemblés plusieurs milliers d'indigènes, pressés les uns contre les autres, et de toute évidence vivement intéressés par le spectacle qui se déroulait. Ce spectacle semblait tantôt si pathétique que la foule immense restait silencieuse, parfois, en revanche, quelque chose semblait leur plaire et leur procurer le plus grand amusement. Sur la scène, les acteurs portaient des costumes de soie aux couleurs très vives et faisaient de leur mieux pour distraire leurs innombrables spectateurs.

Tel est le spectacle qui s'offrit à nos yeux tandis que nous approchions de la ville. « Venez, me dirent tous mes compagnons de voyage, venez voir la pièce. » Et ils se précipitèrent vers un pont situé un peu plus loin et qui menait vers la ville et la place où se déroulaient les festivités. Pour ma part, je me serais contenté de la vue d'ensemble que j'avais depuis la rive opposée, c'est pourquoi je déclinai leur invitation. Le vieux nain, que j'ai déjà mentionné plus haut et qui saisissait la moindre occasion de faire preuve de bonne volonté, se déclara prêt à rester en compagnie de mes deux domestiques et moi-même. Nous nous assîmes dans l'herbe verte, d'où nous jouissions d'une excellente vue sur tout ce qui se déroulait. Les Chinois donnent l'impression de ne jamais se fatiguer. Ils seraient volontiers restés toute la journée mais nous devions gagner notre bateau qui passait sur l'autre bras du fleuve. Nous empruntâmes donc le pont et traversâmes le centre de la ville. Personne ne semblait se douter le moins du monde que j'étais un étranger. Il est vrai que ce pauvre nain était de loin celui d'entre nous qui attirait le plus les regards. Dans cette ville je ne remarquai rien de notable, à part de grands « tea-hongs » et des boutiques de menuisiers où l'on fabriquait des caisses à thé.

Après avoir quitté cette ville et atteint l'autre bras du fleuve, nous embarquâmes sur un ferry-boat et passâmes sur la rive opposée. Parmi les passagers du ferry-boat se trouvaient deux jeunes femmes ravissantes et vêtues avec goût, avec qui j'échangeai quelques plaisanteries. En embarquant, elles vinrent doucement s'asseoir à mes côtés, et commencèrent à bavarder avec animation. Je ne pus m'empêcher de remarquer le contraste entre leur conduite et celle de leurs compatriotes dans les cinq ports où les étrangers ont le droit d'exercer le commerce. Les femmes respectablement habillées s'enfuient à la vue des étrangers comme si elles avaient vu une bête sauvage et féroce. Si ces damoiselles s'étaient doutées qu'elles étaient assises aux côtés d'un « barbare », elles auraient été bien étonnées et combien effrayées !

En fin de journée, juste avant la tombée de la nuit, le bateau arriva à destination et amarra près de la ville pour la nuit. Tous les hommes demandèrent à descendre à terre pour aller regarder le spectacle. Certains semblaient tenir beaucoup à ce que je me joigne à eux mais, rassasié par mes aventures de la journée, je déclinai l'invitation. Il était très tard quand ils rentrèrent, mais cela ne nous empêcha pas de nous remettre en route à l'heure habituelle le lendemain matin et de poursuivre notre voyage.

Au bout d'un certain temps, le chef batelier vint à nous et nous informa qu'il serait nécessaire d'avoir recours à un autre bateau pour transporter une partie de sa cargaison. En effet, le fleuve était trop peu profond pour permettre à un bateau aussi chargé de naviguer. De plus, il eut l'impertinence de proposer aux passagers de payer les frais engagés pour ce second bateau, avançant l'argument qu'ainsi nous arriverions plus vite à destination. Il ne s'agissait pas d'une grosse somme, aussi nous donnâmes notre accord et un second bateau fut loué.

Puis survint un événement qui ne manqua pas de m'étonner sur le moment, bien que ce fût sans doute chose courante dans le pays. Quand le second bateau arriva à notre hauteur, on souleva le plancher de notre cabine afin d'avoir accès à la cargaison. Je découvris alors des compagnons de voyage inattendus. Deux énormes cercueils, contenant chacun la dépouille d'un Chinois, se trouvaient juste sous mon lit depuis trois semaines sans que j'en eusse la moindre idée. Il valait peut-être mieux que je n'en sache rien, car cela n'aurait guère contribué à améliorer mon confort, et mon sommeil en aurait peut-être été moins profond. À présent, on transportait ces deux cercueils dans l'autre bateau, qui les conduisit ensuite à leur dernière demeure. En me renseignant, j'appris que les défunts étaient originaires de Hwuy-chow-foo, et avaient quitté des années auparavant leur sol natal pour s'installer à Hang-chow où ils étaient décédés. À présent, leurs amis ramenaient les restes dans leur pays afin qu'ils soient enterrés dans les tombeaux de leurs ancêtres.

Le lendemain, en marchant sur la rive en compagnie d'autres passagers, nous atteignîmes un village dans lequel se trouvaient un jardin et un temple renommés appartenant à une famille riche et influente. Le chef de famille lui-même était décédé peu de temps auparavant, mais les lieux étaient encore parfaitement entretenus. Ils semblaient être ouverts au public, aussi nous décidâmes d'aller y jeter un coup d'œil.

Ce jardin n'avait rien de ce que nous nommons en Angleterre un beau jardin, mais il ne faisait pas de doute que les Chinois de la région le considéraient comme unique. On voyait çà et là des cours carrées, ornées de rocailles et plantées des fleurs les plus prisées dans la région. Partout poussaient en abondance l'olivier parfumé, le moutan, le bambou sacré (*Nandina domestica*) et autres arbustes courants. De jolis bassins étaient parsemés de ces nénuphars très appréciés. La plante la plus intéressante de toutes, cependant, était un jeune houx à feuillage persistant, superbe et décoratif qui rappelait celui du laurier du Portugal[1].

Les bâtiments comptaient une jolie petite pagode, au sommet de laquelle nous montâmes. Une très belle vue de la campagne environnante s'offrit à nos yeux. De toute évidence, ces lieux avaient été

1. Je prélevai des graines de ces plantes et les expédiai en Angleterre.

conçus pour l'organisation de spectacles et de festivités grandioses. Des pavillons d'été, des tourelles décoratives, des balcons et des temples ancestraux parsemaient les terres. Le *tout ensemble* était d'apparence imposante et avait été réalisé dans le plus pur goût chinois. Des guides nous firent visiter les lieux comme dans les expositions en Angleterre, et s'attendaient aussi à être rétribués pour leurs services. La ressemblance allait plus loin, car nous passâmes d'un guide à un autre qu'il fallait payer à *chaque* fois.

C'est dans cette région que je découvris sur les versants des collines des plantes très rares dans les autres contrées chinoises, du moins sur les collines plus proches du littoral. Le *Chimonanthus* parfumé, maintenant si prisé en Angleterre (où il fleurit en plein air à Noël) était très répandu. C'est cependant dans un vieux jardin que je découvris la plus intéressante de ces plantes, celle qui allait sans doute remporter le plus grand succès en Angleterre. Voici à quelle occasion je fis cette découverte lors de notre passage à Tun-che. Mon coolie et moi-même étions occupés à cueillir des graines de thé sur une petite colline non loin de la ville. Après avoir terminé notre récolte, mon regard fut soudain attiré par un très beau spécimen de cyprès funéraire qui me charma à tel point que je décidai d'approcher de l'endroit où il se trouvait pour l'observer de plus près. Je souhaitais que mon aide m'accompagne au cas où il porterait des graines mûres. En approchant du village, nous nous aperçûmes que l'arbre se trouvait dans un jardin entouré de murs très hauts. Naturellement, je supposai qu'il devait y avoir une grille quelque part. Nous longeâmes le mur jusqu'à une petite maison qui semblait faire office de loge. Nous entrâmes avec un calme tout chinois et nous retrouvâmes bien vite dans un vieux jardin à l'abandon. Une vaste demeure, qui avait été jadis une belle propriété, se trouvait, à l'image du jardin, à l'état de ruine. Le cyprès funéraire que j'avais repéré s'élevait au milieu du jardin, et était couvert de graines mûres, qui vinrent enrichir la sélection que je m'étais déjà constituée.

Ayant bien étudié les lieux, nous allions partir quand une plante extraordinaire, poussant dans un coin reculé du jardin, attira mon regard. M'étant approché, je découvris un très beau *Berberis* à feuillage persistant, appartenant à la famille des Mahonias et aux feuilles bien évidemment épineuses. Chaque foliole était aussi grande qu'une feuille de houx anglais, et d'un beau vert foncé et brillant. La plante, très fournie, mesurait environ huit pieds et sa beauté surpassait celle de toute autre variété connue de Mahonias. Ce spécimen n'avait qu'un défaut, il était trop grand pour être transporté. Je prélevai cependant une feuille et marquai l'endroit où il poussait, afin d'en couper des boutures à mon retour des régions intérieures.

J'avais été très agacé par la lâcheté et les craintes de Wang. Il était toujours très inquiet pour sa sécurité, car son ennemi le batelier continuait à le menacer. Je tentai d'en rire et de le persuader que le batelier ne lui ferait aucun mal, mais mes efforts furent vains. Il vint finalement me voir et m'exposa un plan qu'il avait concocté et se proposait d'exécuter le lendemain. C'était très simple : lui et moi devions quitter ostensiblement le bateau pour nous promener dans la campagne comme de coutume, mais avec l'intention de ne pas y retourner. Je lui demandai ce que nous ferions de nos lits et de nos bagages, et ce qu'il envisageait de faire de l'autre homme. Il répondit qu'il nous faudrait tout abandonner, et que si nous cherchions ouvertement à quitter le bateau, des mesures seraient prises contre nous. Le coolie n'étant pas digne de confiance, il nous faudrait aussi l'abandonner. Wang n'avait même pas l'intention de payer ce que nous devions pour notre passage ! Tel était le plan qu'il avait enfin décidé d'appliquer, après, me dit-il, des jours et des nuits de réflexion intense. Il me suppliait à présent de lui donner mon accord.

Je réfléchis à cette affaire quelques instants, puis décidai de ne pas accepter sa proposition. Je ne voulais pas abandonner les graines de thé et des nouvelles plantes que j'avais découvertes. Je ne considérais pas que la situation fût assez grave pour recourir à un procédé regrettable en laissant derrière moi l'autre homme et une dette envers le batelier. « Ton plan n'est pas bon, dis-je. Si tu arrives à quitter ouvertement le bateau, en emmenant ton compagnon et en payant tous les frais, je ne verrai pas d'objection soit à descendre à terre, soit à louer un autre bateau, mais je ne puis consentir à partir dans les conditions que tu proposes. » Par la suite, je fus très heureux d'avoir été assez ferme pour poursuivre dans ce sens.

Un ou deux jours plus tard, j'appris dans la matinée que nous étions à trente lis de la ville de Tun-che, et que nous l'atteindrions dans la soirée. C'était la destination de notre bateau, ensuite, il nous faudrait le quitter. Dans l'après-midi, aux environs de deux heures, nous n'étions plus qu'à quatre milles et, le fleuve étant très peu profond, nous progressions très lentement. Aussi, la plupart des passagers décidèrent de gagner la ville à pied. Nous nous mîmes tous à faire nos bagages et à nous préparer pour le voyage. Le fumeur d'opium qui, en toute courtoisie, n'était pas un homme recommandable, était à présent très curieux de savoir vers quelle contrée nous nous dirigions. Mes domestiques chinois, qui avaient acquis par expérience un peu de sagesse, prirent grand soin de garder toutes ces informations secrètes, leur principal objectif étant de couper tout contact avec leurs *amis* du bateau, et tous ceux que nous serions peut-être amenés à côtoyer plus tard.

Nous avions réglé tous les frais de passage, fait nos bagages et scellé un accord entre mes deux hommes à propos du lieu vers lequel nous nous dirigions. Quand tout fut organisé, je laissai mes bagages sous la surveillance du coolie et emmenai Wang à terre. Nous marchâmes vers Tun-che, où nous arrivâmes entre trois et quatre heures de l'après-midi. C'était une ville florissante et animée, qui servait de port à Hwuy-chow-foo, situé à une vingtaine de milles. Elle se trouve par 29° 48' de latitude nord et 21° 4' de longitude est de Pékin. C'est là qu'étaient amarrés les grands bateaux de Hang-chow et Yen-chow, car le fleuve n'était pas assez profond pour qu'ils puissent poursuivre leur voyage. C'était donc un endroit très commerçant. Presque tout le thé vert qui descend la rivière vers Hang-chow-foo, puis vers Shanghai passait par là. Le thé vert destiné à Canton est transporté à travers une suite de collines vers l'ouest, où un fleuve coule en direction du lac Poyang.

Tout ce pays est très peuplé. Depuis le point où nous avions mis pied à terre jusqu'à Tun-che, on ne voyait que des maisons qui forment une espèce de faubourg. La ville elle-même ne contient pas moins de cent cinquante mille habitants. Le principal objet de son commerce, c'est le thé vert. Un certain nombre de grandes maisons achètent les thés des fermiers et des couvents du pays, les préparent pour le marché et les expédient à Canton ou à Shanghai. Je remarquai aussi une foule de boutiques où l'on ne vendait pas autre chose que des caisses à thé ; c'est une industrie qui doit faire vivre beaucoup de monde. De fait, cette ville et tout le pays qui l'entoure vivent du commerce du thé.

Sur presque tout le parcours depuis Yen-chow-foo, le fleuve était bordé de chaque côté de hautes collines. À présent, toutefois, elles semblaient moins élevées, laissant voir une vallée étendue et superbe au cœur de laquelle coulait le fleuve. La plus grande partie de ces basses terres est consacrée à la culture du thé. La terre est riche et fertile, donnant des arbustes des plus luxuriants. Jamais auparavant je n'avais vu d'arbre à thé si florissant, ce qui me conforta dans l'idée que la supériorité des thés verts de Hwuy-chow provenait en grande partie de la qualité du sol.

La terre très sableuse des rives du fleuve donnait d'excellentes récoltes d'arachides (*Arachis hypogoea*).

Après avoir passé une heure à visiter la ville nous cherchâmes à nous procurer des chaises pour nous faire conduire à une trentaine de lis plus loin et l'on nous adressa à une auberge où l'on loue des chaises. Lorsque nous entrâmes dans cette maison, il s'y trouvait une foule de voyageurs de tous les rangs, les uns buvant du thé, les autres fumant, et le reste étendu dans des fauteuils ou dormant sur les tables. En voyant arriver des étrangers, quelques-uns des plus éveillés montrèrent une grande curiosité à notre endroit, et nous adressèrent coup sur coup nombre de questions. Wang, qui était du pays, en comprenait bien le dialecte, et il se mettait à la torture pour répondre d'une manière évasive. Quant à moi, je répondis que je n'entendais pas un mot de ce que l'on me disait. Un malin, qui sans doute avait flairé quelque chose d'étrange dans ma personne, me pressait de questions de tout genre, et, comme on le pense bien, il m'importunait grandement. À la fin, notre vieil hôte, qui avait remarqué son manège, vint à mon secours et lui dit gravement : « Vous avez tort de parler à ce voyageur, il ne comprend que le “kwan-hwa” (le dialecte de la Cour), et vous ne le parlez pas, de sorte que vous ne pouvez vous comprendre ni l'un ni l'autre. » Cette explication parut satisfaisante à tout le monde, et l'on me laissa tranquille.

Nos chaises étaient prêtes ; nous ne nous fîmes pas dire deux fois de partir, et, un peu avant la nuit, nous arrivions à notre destination, au pied de la célèbre montagne de Sung-lo-shan, où le thé vert fut, dit-on, découvert jadis par un saint homme, fondateur d'un monastère qui subsiste encore en ces lieux et qui passe pour produire les thés les plus précieux du pays.

4

Chez le père de Wang. — Une maison enfumée. — Manières chinoises pour se réchauffer. — Traits de caractère décevants des Chinois. — Départ de Sung-lo-shan. — Rouerie de Wang. — Un prétendu « grand général ». — Départ de Tun-che. — Une tempête. — Arrivée à Ning-po.

J'installai mes quartiers dans une maison qui appartenait au père de Wang, mon domestique. Il faisait presque nuit quand nous y arrivâmes. Cette maison se trouvait au cœur des collines à environ deux milles du pied du Sung-lo.

Eussé-je choisi moi-même le lieu le plus convenable à mes opérations, je n'aurais pas trouvé mieux. M. Wang père était un fermier qui avait joui autrefois d'une certaine aisance, mais qui, comme beaucoup d'autres, n'avait pas été heureux et se trouvait maintenant réduit à la pauvreté. Il nous reçut avec la plus grande affabilité, et il paraissait porter à son fils une affection très vive. Sa femme vint aussi nous souhaiter la bienvenue et nous faire ses excuses de la pauvre hospitalité qu'elle pouvait nous offrir. Je ne voulus pas rester en arrière de politesse avec ces bons vieillards, et j'eus bientôt réussi à me mettre tout à fait dans leurs bonnes grâces.

La table fut bientôt dressée et l'on nous servit notre souper. Saisissant nos baguettes, nous nous mîmes à l'œuvre et fîmes largement honneur aux mets qui nous étaient offerts. Peu après le repas, selon les habitudes chinoises, nous allâmes nous coucher de bonne heure.

Le lendemain matin, il pleuvait à torrents, à tel point qu'il nous fut impossible de sortir. Dans ces conditions, il ne fait pas bon être confiné dans une petite maison chinoise. Quatre familles vivaient dans ce bâtiment, deux au rez-de-chaussée et deux à l'étage. Chacune disposait d'une cuisine séparée, et comme il n'y avait pas de cheminée, il fallait évacuer la fumée par les portes, les fenêtres et le toit. Les indigènes, accoutumés à cette pratique, n'étaient guère incommodés, mais pour moi ce fut insupportable. La fumée m'irritait les yeux et me rendait presque fou de douleur. J'avais beau changer de pièce, il en était de même partout dans la maison, entièrement enfumée. J'en arrivais à redouter les heures de repas, quand tous les feux étaient allumés. Toutefois, il n'y avait d'autre recours que de sortir sous la pluie battante. Je dus donc prendre mon mal en patience.

Le deuxième jour, dans la soirée, le coolie et le brave nain arrivèrent avec mes bagages et racontèrent à Wang des histoires merveilleuses, expliquant comment ils avaient réussi à échapper à ses amis les bateliers. Le coolie déclara qu'il avait eu si peur qu'il avait passé la nuit entière dans un temple, le seul lieu où il se sentait en sécurité. Je n'avais nul besoin de croire à toutes ces histoires, d'autant plus que tous mes bagages m'étaient parvenus sans encombre, ce qui n'aurait guère pu être le cas si ces bateliers avaient été aussi méchants.

Il plut sans discontinuer pendant trois jours. Il faisait de plus très froid. Les Chinois tentèrent de se réchauffer en revêtant des habits épais et, assez bizarrement, en lisant tout haut d'une voix forte et chantante, répétant des mots aussi vite que possible. Quand ils furent lassés de cette distraction, la plupart d'entre eux allèrent se coucher. En l'occurrence, le lit était l'endroit le plus confortable. Ils me conseillèrent fortement de suivre leur exemple.

La montagne Sung-lo, qui par temps clair était visible depuis les fenêtres de la maison, était enveloppée d'un manteau de brouillard, et chaque arbre et arbuste pliait sous le poids des gouttes de pluie. Le quatrième jour, enfin, les nuages se dissipèrent, le soleil se remit à darder ses rayons et la nature reprit son visage gai et souriant. Je sortais à présent chaque jour, du matin au soir, occupé à récolter fébrilement des graines, à observer la végétation des collines et à glaner des renseignements concernant la culture et la production du thé vert. C'est ainsi que je pus constituer une bonne sélection de ces graines de thé et de jeunes pousses dont on tire les meilleurs thés verts du commerce, de même que bon nombre d'informations utiles.

Entre-temps, je n'avais pas perdu de vue le superbe *Berberis*, que j'avais grande envie de me procurer afin de l'introduire en Europe. J'avais à maintes reprises souhaité que Wang tente de m'en cueillir de jeunes pousses dans l'un des jardins du voisinage. Je ne pouvais en effet pas croire que cette plante serait rare au point de n'exister que dans ce vieux jardin où je l'avais découverte. Il ne put toutefois en trouver, à moins, et c'est plus probable, qu'il ne s'en soit pas donné la peine. Un matin, connaissant les pouvoirs du dollar, j'appelai trois ou quatre membres de la famille. Je leur montrai la feuille que j'avais apportée et promis un dollar à celui qui me rapporterait une petite pousse du même arbuste. L'un d'eux sortit aussitôt et, à ma surprise et pour mon plus grand plaisir, revint moins de cinq minutes plus tard avec une autre feuille de cette plante. « Cela ira, dis-je, c'est exactement ce que je cherche. Apportez-m'en une jeune pousse avec de bonnes racines, et je vous donnerai la récompense promise. » Ils se consultèrent à voix basse et finirent par déclarer que la plante en question avait des vertus médicinales bien particulières et que son heureux propriétaire ne voulait s'en défaire. « Vendez-moi celle-ci, dis-je, et cet argent vous permettra d'en acheter une douzaine d'autres. – Non, répondit l'un d'eux. Cette plante pousse dans le jardin de mon oncle et il ne veut pas d'argent, il est assez riche, mais il a besoin d'un peu de cette plante de temps en temps quand il est souffrant. C'est pourquoi il ne veut pas s'en séparer. » Cela était très contrariant, mais le Chinois demeurait inflexible, et il ne me restait plus qu'à « changer de bordée », comme disent les marins. C'est ce que je décidai de faire. « Eh bien, dis-je, laissez-moi tout de même voir cette plante. N'ayez crainte, je ne la toucherai pas. » Pendant un instant ils refusèrent d'accéder à cette ultime requête mais, grâce à l'influence de Wang, ils furent obligés d'accepter et me conduisirent à un petit jardin, envahi par les mauvaises herbes. C'est là que poussait le superbe arbuste. Apparemment à l'abandon, il passait inaperçu. L'oncle semblait lui accorder une grande importance et ne voulait pas s'en séparer, malgré tous mes efforts pour l'en convaincre. Peut-être tenait-il à ses vertus médicinales, mais il aurait facilement pu en trouver une autre, car cette variété semble assez courante dans la région. C'est pourquoi je me dis qu'il devait espérer que je lui proposerais une très forte somme d'argent pour le convaincre de s'en défaire.

Le lendemain, un autre parent de Wang vint me trouver dans le plus grand secret. Il m'informa qu'il connaissait un autre endroit où l'on trouvait la même plante, et que, moyennant finance, il irait m'en chercher une. Je l'engageai aussitôt, lui disant simplement de rapporter de jeunes pousses avec de bonnes racines et que, dans le cas contraire, elles ne me seraient d'aucun usage. Il promit de le faire et tint parole. Dans la même journée, il revint avec trois bons plants qu'il me vendit et que je rapportai à Shanghai. Ils sont actuellement en sécurité en Angleterre.

Je passai une semaine dans les environs de Sung-lo, puis songeai à revenir vers l'est avec ma récolte. Mon coolie importunait fortement Wang, espérant lui extorquer de l'argent. Le coolie avait remarqué la peur que lui avaient faite les bateliers et se disait qu'il pourrait peut-être lui aussi tirer quelque bénéfice de sa couardise. Wang se trouvait cependant dans la maison de son père, il se sentait donc plus courageux. Il refusa de se faire « dérober » la somme de quatre dollars que l'autre exigeait de lui. Ce dernier, après force cris, quitta la maison en menaçant de revenir avec des compères pour obtenir satisfaction. Toutefois, il revint moins d'une heure plus tard, sans ses compagnons. Ayant entre-temps été mis au courant de l'affaire, je l'envoyai chercher et menaçai de le punir en lui retenant ses gages si j'entendais de nouveau parler de cette histoire. Il se calma et je crois que tout rentra dans l'ordre quand il accepta un prêt !

Un jour, où M. Wang père se rendait en ville pour affaires particulières, je le priai de me louer un bateau pour me conduire à une ville nommée Nechow, située dans le bas de la rivière, à une trentaine de lieues de Ning-po. Je le vis bientôt revenir avec un « chop » délibéré et arrêté par lui avec les bateliers. Comme je ne savais pas lire le chinois je dus m'adresser à Wang pour me faire lire le document, et surtout pour me faire connaître le prix stipulé. Le contrat, rédigé en bonne et due forme, spécifiait d'abord notre destination, puis le nombre d'hommes d'équipage qui devaient conduire le bateau, le prix que nous aurions à payer pour le riz de bonne qualité que l'on devait nous fournir trois fois par jour, et enfin le prix de location du bateau. Quant à ce dernier article du compte, Wang m'affirma qu'il était de vingt-quatre dollars, à payer partie au départ et partie à l'arrivée.

L'argent que j'avais emporté avec moi se trouvait alors réduit à une trentaine de dollars. Pendant le voyage on m'avait fait payer toutes choses à des prix exorbitants, et je m'étais soumis de bonne grâce aux exactions de mes Chinois parce que c'était pour moi le seul moyen d'atteindre mon but ; mais maintenant il me fallait absolument me révolter. La ville où ce bateau devait nous conduire était située à une centaine de milles de la résidence du consul anglais le plus voisin, c'est-à-dire de tout lieu où j'aurais pu me procurer de l'argent pour aller de Nechow à Ning-po ou de Tun-che à Nechow ; par conséquent j'étais menacé, si j'avais la faiblesse de céder, de me trouver dans la situation la plus critique. De plus, j'avais toutes sortes de raisons de soupçonner que la somme indiquée par Wang était très supérieure à celle que son père avait débattue et arrêtée avec des bateliers. Je lui dis donc qu'à coup sûr il y avait une erreur dans le document, mais que d'ailleurs, n'y en eût-il pas, j'étais hors d'état de payer une si grosse somme, et qu'il me faudrait songer à un autre moyen d'achever mon voyage. Il le prit alors sur un ton très haut, affectant une très grande colère de voir que je suspectais sa véracité ; il m'avait déjà fait un très long discours à ce sujet, et il allait entrer dans une nouvelle catégorie d'explications lorsque je coupai court à son éloquence en lui annonçant que mon parti était pris, que je ne payerais certainement pas la somme en question, que je tenterais plutôt de louer un bateau moi-même ou de le faire louer par le coolie. J'ajoutai que d'ailleurs, si je n'y pouvais réussir, j'irais m'adresser au mandarin de Tun-che, et que je réclamerais son assistance pour trouver un bateau à un prix convenable. Là-dessus je lui tournai le dos.

Ces menaces produisirent exactement l'effet que j'en attendais ; quelques instants après je vis venir à moi M. Wang père, qui me demanda avec le plus grand sang-froid du monde, quel était le prix que je consentais à donner. « À quoi bon cette question ? lui dis-je. Vous prétendez avoir fait marché pour vingt-quatre dollars : si je prends le bateau il faudra bien que je les paye ; si je ne le prends pas, je ne perdrai toujours que les arrhes que vous dites avoir données. — Ne parlons pas de cela ; dites-moi seulement ce que vous voulez donner, et nous verrons s'il n'y a pas moyen de s'arranger. — Eh bien ! repris-je à mon tour, je ne veux pas donner plus de vingt dollars pour aller jusqu'à Ning-po ; je sais que c'est un bon prix. — Très bien, dit-il avec le même sang-froid, vous donnerez quinze dollars pour le bateau qui vous mènera d'ici à Nechow, et je vous garantis qu'avec les cinq autres vous pouvez aller à Ning-po. »

Nous tombâmes d'accord, et M. Wang parut être très satisfait de l'arrangement ; on croira sans peine que sa satisfaction était réelle, lorsqu'on saura qu'ayant emporté le « chop » à Ning-po et l'y ayant fait traduire, j'appris que c'étaient cinq dollars au lieu de vingt-quatre qui étaient convenus, de sorte qu'en définitive les Wang avaient gagné dix dollars dans l'affaire.

Tel est le caractère des Chinois. Ils ne songent jamais à dire la vérité, à moins qu'il n'y aille de leur intérêt, et, plaisanterie à part, je crois qu'ils aiment toujours mieux mentir lorsqu'ils n'ont rien à y perdre.

Tous nos préparatifs étant terminés, je dis adieu,

le soir du 20 novembre, à la famille de Wang et à la célèbre montagne de Sung-lo-shan. C'était une journée humide et orageuse, et le voyage vers Tun-che avait été des plus pénibles. Dans la soirée, une tempête se déchaîna et il se mit à pleuvoir à torrents. Je m'étais procuré du papier huilé pour protéger mes pieds et mes genoux de la pluie, qui s'abattait sur moi de plein fouet. Les hommes qui m'accompagnaient se couvrirent aussi de papier huilé, mais cela ne fut pas d'une grande utilité, et nous fûmes trempés jusqu'aux os bien avant d'arriver à destination. De plus, il faisait presque nuit quand nous atteignîmes Tun-che, et mes porteurs eurent bien du mal à suivre la route étroite et à ne pas glisser en contrebas. Notre route, escarpée, longeait la rivière et il était fort risqué de s'y aventurer par une telle nuit. Soudain, le premier porteur chuta, et je faillis tomber de la rive dans le fleuve. Vraiment, si le second porteur n'avait pas tenu fermement la chaise, il en aurait été fini de moi et de mon véhicule.

Enfin, nous aperçûmes les lumières de la ville. Lorsque nous arrivâmes dans les rues étroites, j'ordonnai à mes porteurs de me poser et d'attendre l'arrivée de mes domestiques. Ils s'arrêtèrent devant une maison de thé dans laquelle ils entrèrent pour se désaltérer. Pendant ce temps, je guettai l'arrivée de mes hommes, car je craignais qu'ils ne passent sans nous voir à cause de l'obscurité. Quelques instants plus tard, Wang vint vers moi dans un état de grande excitation et me tira presque de ma chaise à porteurs. « Venez ! Allons-nous-en, vite ! dit-il, laissez la chaise ici et partons ! » Pensant qu'il allait se passer quelque événement grave, je me levai et me mis à courir dans la boue sous la pluie. À peine avions-nous parcouru quelques mètres que les porteurs nous prirent en chasse. Ils saisirent Wang au collet et exigèrent d'être payés. « Mais que se passe-t-il donc ? demandai-je. Je t'ai donné de l'argent avant notre départ afin que tu paies ces hommes, et maintenant tu veux t'enfuir sans les payer ? — Ne faites pas de bruit, répondit-il. Je vous expliquerai ce que j'ai fait de cet argent plus tard. Pour l'instant donnez-moi juste de quoi les payer pour nous en débarrasser. » Je m'exécutai et nous reprîmes notre route.

Quand les porteurs furent partis, je réprimandai Wang pour sa malhonnêteté. Il me dit qu'en me suivant, il avait avisé un autre équipage, transportant un grand général, me suivant de près. Il avait soupçonné que cet homme avait l'intention de nous capturer et de nous faire prisonniers.

Nous nous hâtâmes de partir et ne parlâmes plus du « grand général », qui ne devait avoir qu'une seule idée en tête : s'abriter de la tempête déchaînée plutôt que de nous molester. Je soupçonnai en effet Wang d'avoir inventé toute cette histoire dans le but de se débarrasser des porteurs et de les voler de leur argent, qui aurait dû leur être versé lors de notre départ.

Nous nous trouvions dans la ville de Tun-che. Après avoir franchi un pont, nous gagnâmes notre bateau. Ma couchette ainsi que tous mes vêtements étaient trempés et je passai une nuit fort inconfortable. Tôt le lendemain matin, le bateau fut poussé dans le courant et nous naviguâmes rapidement.

La tempête de la nuit précédente avait cessé, et jamais je ne vis de plus superbe matinée. Le soleil brillait, l'air était léger et tonifiant, et tous affichaient un air joyeux et souriant. Sans que notre équipage ait à faire beaucoup d'efforts, nous suivîmes rapidement le courant, traversant des bois, des villes et des villages qui longeaient le fleuve. Parfois, en regardant droit devant nous, nous avions l'impression que des montagnes nous barraient la route, mais en approchant, une voie s'ouvrait, et nous passions sans tarder entre les montagnes qui s'élevaient souvent à plus de trois mille pieds.

La lune était presque pleine, et à sa lueur, le spectacle était grandiose. Parfois, elle montait, sublime, au-dessus des montagnes, jetant un flot de lumière douce sur le fleuve clair et luisant, et le faisant étinceler comme s'il était couvert de milliers de joyaux. De nouveau, en approchant la rive orientale, la lune parut sombrer derrière les montagnes et se poser à l'endroit même où elle se levait. Alors, nous nous retrouvions dans l'ombre. Ainsi, tandis que nous avancions, elle se levait et se couchait sans cesse, jusqu'à être si haut dans le ciel que les montagnes ne pouvaient plus masquer sa lumière.

En venant, j'avais repéré l'endroit où se situait le superbe *Berberis*. J'y retournai à présent, en recueillis de bonnes boutures avec l'aide d'une vieille femme qui semblait s'occuper des lieux. J'aurais volontiers acheté la plante tout entière, mais elle était de trop grande taille pour être transportée dans de bonnes conditions. Je récoltai également bon nombre de graines de thé, ainsi que d'autres graines de cyprès funéraire. J'avais loué tout le bateau, aussi pouvais-je m'arrêter chaque fois que je le souhaitais.

Le fleuve était rapide, et jonché de rochers et de grosses pierres fort dangereuses pour la navigation. Dans la soirée, nous étions souvent obligés d'enfoncer un poteau de bambou dans la berge et d'y amarrer le bateau pour la nuit. Un jour, le temps changea brusquement, ce qui se produisait souvent dans ces montagnes. Lorsque nous nous couchâmes, le temps était calme et serein, et rien ne laissait présager un tel changement. Avant minuit, toutefois, deux ou trois rafales de vent se succédèrent à peu d'écart, et en à peine un quart d'heure, la tempête grondait. Je fus réveillé par une rafale qui ouvrit ma porte avec fracas et faillit emporter la toiture. Pendant ce temps, le bateau fut arraché à son poteau et entraîné par le courant. Nous étions en danger, car cette partie du fleuve était pleine de rochers. Tous les hommes s'étaient levés et s'efforçaient de ramener le bateau vers la rive à l'aide de deux grands avirons et de poteaux de bambou. D'autres harnachaient la toiture sur la coque à l'aide de cordes, et je me dis qu'elle allait être arrachée avant qu'ils aient réussi à la fixer. Comme tous les Chinois, nos hommes d'équipage faisaient énormément de bruit. Ils donnaient tous des ordres sans y obéir. Pendant ce temps, nous étions poussés par le vent dans le courant rapide. Je m'attendais à tout moment à voir le bateau se fracasser contre les rochers. Par chance, les hommes parvinrent à le ramener vers la rive, où il rencontra un banc de sable et redevint immobile.

Quand le jour revint, le vent s'était considérablement calmé, mais il soufflait encore trop fort pour que nous puissions poursuivre notre chemin. Nous fûmes donc obligés de rester sur place une grande partie de la journée. Nos bateliers invitèrent des amis, qui se trouvaient dans la même situation que nous, à venir à bord pour manger et jouer aux cartes. Ainsi, ils se divertirent jusqu'à l'après-midi. Le temps se calma et nous pûmes repartir.

En trois jours nous atteignîmes la ville de Yen-chow-foo. Ce trajet nous avait pris douze jours à l'aller. En trois autres jours de voyage, c'est-à-dire six jours après avoir quitté Tun-che, nous arrivâmes dans la ville de Nechow. C'est une petite ville très active, située sur la rivière, à quelques milles au-dessus de Hang-chow ; ce qui lui donne quelque importance, c'est sa position intermédiaire entre Hwuy-chow et Ning-po. J'estime que la population de la ville et des bateaux doit s'élever à vingt ou à trente mille âmes.

J'avais souvent entendu parler de la force des marées dans le Fleuve Vert, mais je n'avais encore vu aucune marée considérable jusqu'au jour de notre arrivée à Nechow. Nous étions à souper lorsque tout à coup j'entendis le bruit de l'eau qui arrivait et un grand tumulte qui s'élevait au milieu des bateaux mouillés à côté de nous. « Jan-shui ! jan-shui ! » (la marée ! la marée !) criaient une multitude de voix, et aussitôt deux ou trois de nos hommes sautèrent à l'eau pour veiller au salut du bateau. Je sortis aussi de la cabine pour voir ce qui se passait et j'aperçus une vague énorme qui venait fondre sur nous. Prenant les bateaux les uns après les autres, elle les faisait virer de bord avec une rapidité effrayante. Je n'ai jamais rien vu de pareil.

Je ne puis que comparer la scène avec le spectacle offert par une rivière des Highlands qui, enflée après un orage par les nombreux cours d'eau des montagnes, vient dévaler vers les Lowlands, inondant le pays et emportant tout sur son passage.

Là, nous prîmes un autre bateau pour nous conduire à Pak-wan, où nous avions encore un transbordement à subir avant d'arriver à Ning-po. Impatient que j'étais de mener au plus vite à bonne fin un voyage qui, jusque-là, s'était accompli si heureusement, je voulus partir le soir même, et, vers neuf heures, nous traversions une petite ville située à quelques milles de Nechow, et où sont des magasins de sel appartenant au gouvernement ; aussi, pour empêcher la contrebande, la navigation est-elle interdite sur ce canal pendant la nuit. Tel était, du moins, l'avis que vint nous donner un soldat en nous signifiant que nous ne pourrions pas continuer notre route avant le lendemain matin. J'avais déjà pris mon parti d'attendre en conséquence, lorsque Wang vint me demander si je ne voulais pas continuer notre chemin. Il me dit qu'en donnant une vingtaine de sapèques (dix centimes environ) au soldat qui venait de nous donner l'ordre d'arrêter il nous laisserait passer. C'est ainsi que les lois et les règlements d'ordre public s'exécutent en Chine. On pense bien que je payai.

Le lendemain matin nous étions sous les murs d'une grande ville nommée Shaou-hing-foo. Elle est située par 30° 6' de latitude nord et 120° 29' de longitude est, et doit contenir quelque deux cent cinquante mille âmes. Le canal contourne la muraille, formant une sorte de fossé. Une de ses ramifications traverse directement la cité. Impatient de visiter les lieux, j'ordonnai à mes bateliers de traverser la ville et nous entrâmes dans les remparts par une arche.

Les murs de Shaou-hing-foo ont environ trois ou quatre milles de circonférence, mais, comme dans beaucoup de villes chinoises, les terrains situés à l'intérieur ne sont pas entièrement bâtis. Au bord du canal, les maisons ont une apparence pauvre, mais elles sont plus belles dans d'autres quartiers de la ville. Le commerce de tous les biens vitaux semble être très développé, et, la cité étant située à mi-chemin entre Hang-chow et Ning-po, elle est visitée par de nombreux voyageurs. Sur les collines des environs, on cultive une grande quantité de thé. À mon avis, il doit être de très bonne qualité, valant presque celle du thé de Hwuy-chow.

Parmi les choses qui frappèrent mon attention, je signalerai le nombre d'arcs de triomphe qui sont élevés dans cette ville en l'honneur de femmes vertueuses ; mais sa grande illustration vient de la multitude de lettrés qu'elle a produits et qui sont répandus par tout l'empire. Partout où vous rencontrerez des lettrés, vous pouvez être sûr d'en trouver qui vous raconteront avec orgueil qu'ils ont étudié dans la ville de Shaou-hing.

Vers trois heures de l'après-midi, nous arrivâmes dans la ville de Tsaou-o. Nous quittâmes le bateau de Nechow et marchâmes vers une autre petite ville nommée Pak-wan et située à environ un mille à l'intérieur des terres, au bord d'une rivière qui se jette dans la baie de Hang-chow. En apercevant la rivière, je crus qu'il s'agissait de celle qui coule jusqu'à Ning-po, mais je découvris vite que je me trompais.

Pak-wan est une longue ville, pleine de magasins, de restaurateurs et d'auberges pour les voyageurs. Plusieurs Européens l'avaient déjà visitée, aussi les habitants étaient-ils familiarisés avec les figures anglaises. Dès le premier pas je fus reconnu pour un étranger, ce qui n'empêcha pas que je ne fusse très poliment traité, et que l'on ne me fournît toutes les facilités nécessaires pour trouver un bateau. Un Chinois obligeant me conduisit au « hong-le », à l'auberge de la marine, où je me procurai un « chop » par lequel l'aubergiste s'engageait à me faire conduire pour la somme de trois dollars à Ning-po.

Pendant la nuit, nous croisâmes deux digues qui jouent le même rôle, pour les petites embarcations, que les écluses de nos canaux anglais. Nous réussîmes à franchir ces digues au moyen d'un treuil et d'un plan incliné. Cette façon de passer d'un niveau à un autre est pratique courante en Chine où les écluses telles que celles rencontrées en Europe ne semblent pas être utilisées. À minuit, notre bateau glissa rapidement sur le plan incliné, au milieu des lanternes des Chinois. Ce spectacle produisit un effet curieux sur une personne comme moi qui n'avais jamais rien vu de tel. Le second bateau nous mena dans les eaux du fleuve Ning-po.

Dans la nuit, nous croisâmes une grande ville nommée Yu-eou. Le lendemain matin, je découvris que nous voguions sur un fleuve majestueux, dont je savais qu'il traversait la ville de Ning-po et se jetait dans la mer à Chinhae. Le paysage était essentiellement vallonné, mais une plaine s'étendait de part et d'autre du fleuve. Ces basses terres, humides et marécageuses, ne convenaient qu'à la culture du riz.

On apercevait de nombreuses tombes sur les flancs des collines, ce qui laissait présager que nous approchions d'une grande ville très peuplée. Pins et genévriers étaient groupés en bosquets parmi les tombes, donnant un aspect sombre mais agréable à la dernière demeure des défunts. L'arbre à suif occupait toujours la meilleure place aux abords des champs et des canaux, de même qu'à flanc de colline. Il y en avait tant que ce devait être un arbre de grande valeur pour les Chinois.

Aucun événement notable n'intervint jusqu'à mon arrivée à Ning-po. La vieille ville, ses pagodes, ses temples et ses remparts offraient un spectacle accueillant, tel que je n'en avais pas vu depuis fort longtemps. Jadis, je la connaissais bien, et je me sentis « comme chez moi » après ce voyage long et quelque peu mouvementé, mais agréable à bien des égards.

5

L'île d'Argent. — Baie de Chapoo. — Avantages d'un voyage par les terres. — Nouvel an à Shanghai. — Le bambou sacré. — Culture du chrysanthème. — Voyage à Hong Kong. — Des graines de Canton, et de la manière de les emballer.

À mon arrivée à Ning-po, je louai un bateau chinois pour me rendre à Kintang ou l'île d'Argent, qui fait partie de l'archipel de Chusan, situé entre Chusan et l'embouchure du fleuve Ning-po, à environ 30° de latitude nord. Elle s'étend sur six milles de longueur et ne dépasse pas deux ou trois milles de large. Je trouvai deux bateaux d'opium amarrés dans le petit port de Leh-kong et fus courtoisement reçu par le capitaine Priestman, qui m'accueillit à bord de son navire.

L'île d'Argent, bien que proche de Chusan, ne fut que très rarement visitée par les Anglais pendant leur période d'occupation dans la région. On racontait de nombreuses histoires à son sujet. On disait que c'était un lieu d'exil pour les mandarins coupables de délits contre le gouvernement. Cette anecdote, ajoutée à son nom évocateur, nous poussa à croire qu'il s'agissait d'un lieu de richesse et de luxe. Dans cet état d'esprit, je m'attendais à trouver un endroit imposant, mais mes hypothèses quant à ses soldats et ses richesses n'étaient pas fondées. Les vallées sont parsemées de petits villages, mais il n'existe aucune grande ville, et à en juger par les apparences, les habitants étaient en général très pauvres.

Si la population de l'île d'Argent n'est pas constituée de vaillants soldats ou d'hommes opulents, la nature s'est montrée très généreuse. C'est en effet l'une des plus belles îles de l'archipel. Lors de cette visite, je fus particulièrement impressionné par le paysage. Après avoir traversé la bourgade de Leh-kong, j'arrivai vite à une première chaîne de collines, et je suivis le chemin qui menait vers l'intérieur de l'île. Je remarquai de nombreux arbres à suif, au bord des routes et éparpillés sur les collines. Les indigènes en recueillent les graines avec soin, car elles contiennent de l'huile et du suif. Au pied des collines, on voyait des parcelles de plantations de thé. En arrivant au sommet de la première rangée de collines, je baissai les yeux vers l'autre côté et une vue des plus charmantes s'offrit à moi. En contrebas s'étendait une vallée paisible et magnifique, parsemée çà et là de petites exploitations théières et apparemment entourée de collines couvertes d'une multitude d'arbres et d'arbustes. C'était une belle journée d'automne, et les feuilles avaient presque toutes pris ces teintes rouges et jaunes dont elles se parent avant de tomber à terre. Celles des arbres à suif et d'une variété d'érable étaient devenues d'un rouge sang vif, d'autres étaient presque blanches. Le contraste entre ces couleurs et le vert profond des pins était des plus saisissants. Des massifs de beaux bambous et les « sungs », une variété de palmiers, donnaient au paysage un air tropical.

À l'intérieur de l'île, le thé vert est d'une culture très répandue. Mon principal dessein, lors de cette visite, était de me procurer une bonne quantité de graines. C'est pourquoi j'avais amené avec moi mes deux domestiques et j'observais toutes les plantations de thé que nous rencontrions. En général, les Chinois détestent les longues marches, et mes hommes ne faisaient guère exception à la règle. En les voyant traîner derrière moi, je soupçonnai qu'ils avaient l'intention de faire demi-tour lorsque j'aurais pris assez d'avance pour être hors de vue. Ils s'arrangèrent pour me fausser compagnie et, de retour à la maison, ils affirmèrent qu'ils s'étaient égarés dans les collines. J'étais assez contrarié, car j'espérais pouvoir recueillir un grand nombre de graines de thé, et je dus me contenter de la décision de surveiller ces hommes de très près le jour suivant. Le lendemain matin, je me procurai un poney et partis flanqué de mes deux fripons vers l'intérieur de l'île et les plantations de thé. Le capitaine Priestman m'accompagnait. Ayant constaté la conduite de mes deux hommes la veille, c'est de bon cœur qu'il m'aidait à les surveiller. Alors que, après avoir traversé la première chaîne de collines, nous descendions l'autre versant vers la vallée, les deux Chinois s'évaporèrent comme ils l'avaient fait la veille. Revenant sur nos pas, nous les trouvâmes à la traîne et de toute évidence décidés à nous « perdre » et à rentrer à la maison. Cette fois, cependant, il n'en était pas question. Nous leur criâmes de nous rejoindre et les plaçâmes entre nous deux sur l'étroite route, puis nous poursuivîmes notre route. Je dois avouer que nous n'avions, je le crains, pas emprunté le plus court chemin. Nous arrivâmes enfin après trois ou quatre heures de route. Nous rassemblâmes une bonne quantité de graines de thé provenant des diverses plantations des collines. Ayant achevé notre programme de la journée, nous regagnâmes rapidement notre navire, laissant aux Chinois le soin de rapporter notre récolte. Nous fîmes de même chaque jour jusqu'à ce que nous eussions visité toutes les plantations et réuni une très grande quantité de graines.

Il pousse plus de thé sur l'île d'Argent que sur toute autre île de l'archipel de Chusan. La plus grande partie des récoltes n'est pas consommée par les indigènes, mais expédiée à Ning-po et Chapoo pour leur consommation ou pour l'exportation vers le détroit. Bien que ce thé soit de bonne qualité, son mode de préparation ne convient pas aux marchés anglais et américain. L'arbre à suif (*Stillingia sebifera*) et le « tungeau » (*Dryandra cordata*, « Thunberg ») produisent tous deux des articles d'exportation. Le premier est réputé pour le suif et son huile si couramment employée en Chine, le second fournit une huile recherchée que l'on mélange à la fameuse laque chinoise, c'est pourquoi cet arbre est souvent appelé l'arbre à laque.

Je m'étais procuré une sélection de graines de ces arbres si utiles, de même qu'une grande quantité de graines de thé. Je les fis emballer avec soin et quittai l'île d'Argent pour Shanghai via Chapoo.

La baie de Chapoo regorge de pirates, et à moins d'être bien armé, il est plutôt dangereux de s'y aventurer en bateau. C'est là que ce pauvre M. Lowrie, le missionnaire américain, fut assassiné en 1845 ou 1846. C'était un homme plein de promesses, qui fut beaucoup regretté. Mon bateau était bien armé. De plus, j'avais deux lascars à bord, je n'avais donc pas de craintes à avoir. Nous traversâmes la baie sans encombre. Puis, je louai une péniche et voguai doucement vers Shanghai, où nous arrivâmes sans incident notable.

Nous étions à la mi-janvier, le cœur de l'hiver en Chine du Nord. Le nouvel an chinois approchait. Il tombait le 24 et tous les indigènes s'employaient à payer leurs dettes et régulariser leurs comptes. Il est en effet considéré comme honteux d'avoir des dettes au début d'une nouvelle année. C'était l'époque où marchands et boutiquiers n'hésitaient pas à faire des sacrifices considérables pour remplir leurs bourses. Les étrangers considèrent souvent que c'est le moment propice pour faire des achats à bon marché. Ces achats doivent être réalisés avant le jour de l'an, car les magasins sont ensuite fermés, et pratiquement aucun marché n'est conclu pendant toute une semaine. Puis, le cours normal des affaires reprend. En cette période de festivités, les fleurs sont aussi recherchées pour la décoration qu'elles le sont chez nous à Noël. J'eus la surprise de constater que certains fleuristes de Shanghai vendaient, à la mi-janvier bon nombre de fleurs dont la floraison avait dû être provoquée. Je ne m'étais jamais rendu compte que cette pratique était courante en Chine. De nombreux *Magnolia purpurea* étaient en fleur, de même que de nombreuses variétés de pêchers à double floraison, de jolis petits *Prunus sinensis alba* et une variété de camélias. Ce qui m'étonna le plus, pourtant, fut la facilité avec laquelle le « *moutan paeony* » avait fleuri. Plusieurs variétés de cette plante avaient éclos. À cette saison, quand dehors tout est froid et morose, elles étaient du plus bel effet. Leurs fleurs étaient ligaturées pour éviter qu'elles ne se multiplient trop rapidement. Tout cela provenait de la fameuse ville de Soo-chow-foo, le plus grand marché de la mode et du luxe chinois.

On pourrait penser que les Chinois disposent de serres, de canalisations d'eau chaude et de toutes ces techniques qui aident les jardiniers et les amateurs européens. Ils n'ont rien de la sorte. Ils produisent tout cela dans leurs maisons et leurs cabanes, à l'aide de simples feux de bois et en obturant bien les crevasses des portes et fenêtres à l'aide de paille.

À cette saison, le kumquat (*Citrus japonica*), qui pousse généralement en pots, est littéralement couvert de ses petits fruits ovales de couleur orange. On les mélange ainsi que d'autres variétés avec les fleurs à floraison artificielle pour produire le plus bel effet. Je pense que si le kumquat était plus connu chez nous, il aurait beaucoup de succès pour ses qualités décoratives durant les mois d'hiver. Il est beaucoup plus résistant que ses congénères et produit fleurs et fruits en abondance. Il serait sans le moindre doute très facile à cultiver. Toutefois, pour qu'il soit aussi réussi que chez les Chinois, il faudrait tenir compte d'un élément : tous les agrumes produisant de petits fruits sont greffés. Il existe également une plante à baies rouges qui remplace du houx anglais, le *Nandina domestica*. Les Chinois le nomment « tein-chok » ou bambou sacré, et en font venir de nombreuses branches de la campagne en cette période si bien qu'ils envahissent les rues. Chacune de ces branches est couronnée d'un grand bouquet de baies rouges, qui rappellent beaucoup celles du houx habituel. L'effet de contraste sur les feuilles sombres et brillantes est des plus décoratifs. Il est principalement utilisé pour orner les autels, non seulement dans les temples, mais aussi dans les habitations et les bateaux. Ici, en effet, chaque maison et chaque bateau possède son autel. Voilà qui explique son nom de bambou sacré.

On trouve le *Nandina* dans les jardins anglais mais, à en juger par les spécimens que j'y ai vus là-bas, il est impossible de s'imaginer à quel point cette plante est belle. Elle ne semble pas donner autant de fruits en Angleterre qu'en Chine, probablement parce que nos étés sont moins chauds que ceux de son pays d'origine. Cependant, la fleur hivernale favorite du jardinier chinois est le chrysanthème, bien qu'il ne soit plus à l'apogée de sa beauté quand arrive le nouvel an chinois. Nulle autre plante ne fera l'objet d'autant de soins, et c'est celle qu'il cultive le mieux. Ses camélias, ses azalées et ses roses poussent et fleurissent à merveille, mais les Anglais le surpassent pour toutes ces fleurs. Le Chinois est cependant sans rival pour la culture des chrysanthèmes. Les plantes elles-mêmes semblent venir à sa rencontre et pousser selon son bon plaisir. J'en ai parfois vu en forme d'animaux, chevaux ou biches. Parfois encore, ils avaient la forme de pagodes, si courantes dans le pays. Qu'ils aient été travaillés pour prendre ces formes bizarres ou qu'ils aient poussé en simples massifs, ils étaient toujours parfaitement sains et couverts de belles feuilles vertes et ne manquaient jamais de fleurir généreusement en automne et en hiver.

En Chine, la méthode de culture des chrysanthèmes est la suivante. Chaque année, on coupe des boutures sur les jeunes pousses, comme nous le faisons en Angleterre. Quand elles ont pris racine, elles sont transplantées directement dans le pot où elles devront pousser et fleurir. En d'autres termes, ils sont cultivés selon la méthode que nos jardiniers appellent le « système à plantation directe ».

La terre utilisée pour la mise en pot est de composition très riche. Aux alentours de Canton elle provient généralement, en premier lieu, du fond des lacs et des mares, où pousse le *Nelumbium* ou nénuphar. On la fait ensuite sécher plusieurs mois afin qu'elle se pulvérise, puis elle est mélangée à du vieux fumier humain puisé dans des réservoirs au fond de chaque jardin. On laisse reposer ce mélange quelque temps en le retournant fréquemment, puis il est prêt à être mis en pot avec les chrysanthèmes. Au cours de la croissance de la plante, on l'arrose généreusement de purin, puisé dans les mêmes réservoirs, ce qui a pour effet visible de luxuriantes feuilles vert foncé qui couvrent la plante.

Pour modeler les plantes en de beaux massifs compacts, ce qui est, malgré tout mon respect pour le bon goût chinois, bien plus joli que des formes d'animaux et des pagodes à sept étages, à mon avis, leur système est le suivant : chaque plante pousse avec un seul pied, ainsi, de nombreuses pousses latérales sortent près de la base. Celles-ci sont ligaturées de façon nette et régulière à l'aide de fils de soie. Comme les plantes sont couvertes de branches et des feuilles toujours vertes et saines les spécimens n'ont jamais cet air dénudé et cette apparence de tête de balai qu'ils ont souvent en Angleterre lorsqu'on les met sous serre pour l'hiver.

En Chine, comme en Angleterre, le chrysanthème fleurit durant les mois d'hiver. À cette époque, il est très recherché et on l'utilise pour la décoration des cours, des salles et des temples. C'est la plante de tout le monde, et elle fleurit aussi bien dans le jardin du modeste paysan que dans celui du mandarin à bouton rouge.

Tout comme nous, les Chinois ont leurs prophètes en météorologie et des hivers rigoureux. Il avait été prévu que cet hiver (1848-1849) serait très rude. Le thermomètre affichait à présent à 17° F. et tout semblait montrer que cette prévision allait se vérifier. Un tel froid est plus durement ressenti à Shanghai qu'en Angleterre, à cause du vent cinglant qui semble pouvoir pénétrer chaque pore de la peau.

Depuis mon retour à Shanghai, j'avais été occupé à faire planter mes pousses de thé dans des casiers, afin de les envoyer aux Indes. Comme il ne se trouvait à Shanghai aucun navire en partance directe pour Calcutta, je décidai d'emporter ma sélection à Hong Kong, puis de l'expédier aux Indes.

Au moment de notre départ, Shanghai regorgeait de gibier de toutes espèces, et les marchands en profitèrent pour en faire parvenir une grande quantité à leurs amis de Canton et Hong Kong. La dunette de notre pauvre navire ressemblait à l'étal d'un marchand de volailles à Noël. Faisans, bécasses, lièvres, canards, oies et sarcelles pendaient de toutes parts. Chaque partie extérieure du bateau, comme les bossoirs, les canots, le bastingage de la dunette, etc., était couverte de volailles. De plus, il y avait de nombreux paniers pleins de faisans vivants rangés dans la cale. Beaucoup de ces volatiles étaient très beaux, notamment les faisans à cou blanc, les canards et les sarcelles au plumage de toutes les teintes.

Tout chargement de ce genre est transporté gratuitement, mais comme il s'agit comme ici de denrées périssables, il y a en général un accord tacite entre l'expéditeur et le capitaine du navire. Si un élément donne des signes de pourriture, on doit soit le consommer, soit le jeter par-dessus bord. Certains capitaines, ainsi que des passagers parfois sujets au mal de mer, ne peuvent supporter l'odeur du gibier faisandé, si agréable qu'elle puisse sembler au destinataire de la marchandise.

Il n'est guère surprenant, dans ces conditions, que la nourriture n'ait pas été mauvaise au cours de notre voyage vers Hong Kong. Nous avions la chance d'avoir à bord un homme de médecine au fort tempérament. Je dois avouer très honnêtement qu'aucune bécasse dodue, aucun canard sauvage ou faisan ne fut condamné sans avoir subi un examen attentif et avoir été déclaré en danger imminent par le médecin. Il faut cependant avouer qu'à ma connaissance, aucune volaille ne fut jetée par-dessus bord.

Une fois en haute mer, toutes voiles dehors, nous voguâmes joyeusement face au vent. Quatre jours après avoir quitté le fleuve Yang-tse-kiang, nous étions solidement amarrés dans la baie de Hong Kong, à l'issue d'un parcours d'un millier de milles.

Les plants de thé étaient arrivés à Hong Kong en bon état. Je les transférai sans tarder dans des navires en partance pour les Indes où ils parvinrent ensuite en excellente condition.

6

Nouvelle tentative pour pénétrer par Foo-chow-foo jusqu'au pays du thé noir. — Jalousie des mandarins. — Le temple de Koo-chan. — La dent de Bouddha. — Manière chinoise de sortir quand les portes sont fermées. — Voyage sur le fleuve Min. — Une chasse au cerf. — Temples au bord de la route. — De vieilles connaissances.

Le navire sur lequel j'avais pris un passage pour monter vers le Nord était prêt à partir. Mes bagages furent embarqués et nous appareillâmes vers Foo-chow-foo, la capitale de la province du Fokien. Le Traité permettait aux étrangers d'accéder à ce port, qui avait jusqu'ici présenté peu d'attrait d'un point de vue commercial. Le personnel consulaire britannique avait été fortement réduit et le port ne comptait qu'un seul marchand. De nombreux missionnaires anglais et américains, envoyés en ville et aux alentours, travaillaient patiemment, mais sans grand succès, je le crains, au sein du peuple ingrat. Les mandarins de Foo-chow, et ses habitants en général, ressemblent à leurs homologues cantonnais. Ils sont jaloux des étrangers et les verraient avec plaisir chassés de leur province. Leurs moindres faits et gestes sont strictement surveillés, puis dûment rapportés aux autorités.

À mon arrivée, je fis transporter mes bagages dans une maison vide, louée par le capitaine Hely, qui avait eu la gentillesse de me la proposer pour la durée de mon séjour. J'entrai et gravis les marches pour chercher une pièce où faire installer mon lit. Soudain, j'entendis à l'étage inférieur une personne poser diverses questions à mes domestiques. Je n'y prêtai au début pas grande attention, car je savais les Chinois très curieux. L'interrogatoire se poursuivit pourtant plus longtemps que ne le voulait la bienséance, et je descendis pour voir ce qui se passait. Je trouvai un individu de mauvaise mine portant un bouton de cuivre sur son chapeau. Il appartenait de toute évidence à la classe inférieure des mandarins. Regardant mes domestiques de haut, il leur posait des questions sur un ton des plus autoritaires et dans le dialecte fokien que les deux hommes, originaires de la Chine du Nord, ne comprenaient pas. Cette conversation durait depuis dix minutes, et aucune des deux parties n'en était plus avancée. Me tournant vers mes domestiques, je leur demandai qui était cet homme et ce qu'il voulait. Ils répondirent qu'il s'agissait d'un mandarin qui leur avait posé des questions à mon sujet, mais ils ne le comprenaient guère, car il parlait le dialecte régional.

Les Chinois ont en général une grande crainte des officiers du gouvernement. Mes domestiques pensèrent donc avoir une bonne raison pour expliquer leur retard. Je n'avais cependant pas oublié les tracas que m'avaient déjà causé jadis les espions du gouvernement. C'est pourquoi j'ordonnai à mes domestiques de mettre fin à leur conversation et de vaquer à leurs occupations. L'officier sembla plutôt déconcerté et quitta la maison.

Une fois installé, je rendis visite à M. Morrison, interprète au consulat britannique, qui était très souffrant et avait dû s'arrêter ici en allant à Hong

Kong. La maison où il logeait ne se trouvait qu'à quelques centaines de mètres de la mienne. Tandis que je m'y rendais, quelqu'un arriva derrière moi en traînant. Jetant un œil aux alentours, je reconnus mon vieil ami le mandarin qui était sur mes talons. Je me retournai et il s'arrêta un instant. Comme je le regardais fixement, il fit mine de passer son chemin. Je l'arrêtai et lui demandai, aussi poliment que possible, où il allait. Il déclara se rendre dans un endroit situé près du fleuve et que je connaissais. « Ne pourriez-vous pas y aller demain ? demandai-je. Je vous en prie, car moi-même j'y vais aujourd'hui et votre compagnie m'est fort désagréable. » À ces mots, je posai une main sur son bras, le fit doucement pivoter et lui fit une révérence très polie. L'individu sembla un peu déconcerté, sourit et s'éloigna. Je ne l'ai plus jamais revu. J'appris par la suite que tous les étrangers sont ainsi importunés et que leurs moindres faits et gestes sont rapportés aux autorités.

J'avais souvent entendu parler d'un temple bouddhiste de renom, guère très éloigné de Foo-chow, aussi décidai-je d'aller le visiter. Le temple de Koo-chan se dresse au milieu des montagnes, à quelques milles à l'est de la ville. Ce pourrait être la Jérusalem de cette partie de la Chine, où tous les bons bouddhistes se retrouvent à des époques données pour adorer Bouddha et prononcer leurs vœux. Ayant atteint le pied de la montagne, je franchis un vaste porche ou une grille et commençai mon ascension. La colline de Koo-chan s'élève à trois mille pieds au-dessus du niveau du fleuve Min, et le temple se trouve à deux mille pieds, soit à mille pieds du sommet. Un sentier bien pavé, d'environ six pieds de large, monte jusqu'au temple. En grimpant le long de cette chaussée sinueuse, le voyageur découvre à certains endroits la vue la plus charmante qu'on puisse imaginer, ce qui le console largement de ses efforts. Parfois, ce sont des rochers et des arbres qui s'étendent à ses pieds, au cœur d'une vallée perdue et accidentée, où la terre est si aride qu'elle ne fournit même pas les seuls Chinois. Ailleurs, après un virage, il découvre l'une de ces aires de repos qui sont aménagées à intervalles réguliers pour permettre au pèlerin fatigué de se reposer, et une vue superbe s'étend devant lui. C'est la vallée large et fertile du Min, entrecoupée de rivières et de canaux et grouillant d'une population dense et laborieuse.

J'atteignis la grille du temple en une heure environ. Des moines aux airs paresseux se prélassaient sur les marches conduisant à la première rangée de bâtiments. Dès qu'il m'aperçut, l'un d'eux courut avertir le supérieur, qui descendit et me reçut avec grande courtoisie. Je lui dis que j'étais venu visiter le temple, dont j'avais maintes fois entendu parler, et le priai de m'envoyer quelqu'un qui me conduise. Un vieux moine vêtu de jaune se présenta et me guida à travers les différentes parties de cet édifice immense et me fit faire le tour des terres.

Ayant visité les principaux temples, je fus conduit aux cuisines et à la salle à manger. Quand on songe que chaque jour plus d'une centaine de moines prennent ici leurs repas, on imagine aisément que cet endroit est digne d'une visite. La salle à manger est un vaste bâtiment carré comportant de nombreuses tables où les moines prennent leurs repas frugaux. Au moment de ma visite, ils venaient de s'asseoir pour le repas de midi, de sorte que j'eus l'occasion de voir le plus grand nombre de moines rassemblés que j'eusse jamais vu. Ils formaient un groupe étrange et bigarré. La plupart d'entre eux semblaient stupides. Il s'agissait de représentants des rangs inférieurs du clergé. L'abbé et les moines de rang supérieur étaient, eux, des hommes intelligents et dynamiques. Tous, cependant, avaient cette pâleur bistrée qui n'était guère agréable à regarder. Beaucoup d'entre eux se levèrent à mon entrée. Ils me prièrent poliment de m'asseoir et de manger du riz en leur compagnie. Je les remerciai et déclinai l'invitation, puis je me mis à observer la pièce. Dans la cuisine, les visiteurs découvrent avec merveille les énormes chaudrons dans lesquels on fait bouillir le riz.

Ensuite, je fus conduit à la bibliothèque, qui contenait un vaste choix d'ouvrages religieux, soigneusement enfermés dans des armoires et que, semblait-il, personne ne lisait. J'avais entendu dire que dans cette partie du bâtiment se trouvait une relique précieuse : l'une des dents de Bouddha, rien de moins, ainsi que d'autres objets parfois montrés aux visiteurs avec beaucoup de cérémonie. Je priai le moine de me les faire voir, et il me conduisit à un petit temple voisin, où les reliques étaient conservées. « Avez-vous de l'argent dans votre poche ? demanda-t-il d'un air grave, car avant d'ouvrir la précieuse boîte, je dois faire brûler de l'encens sur cet autel. » Je lui tendis une menue pièce de monnaie tout en lui disant que, comme je n'adorais pas Bouddha, ce n'était pas la peine qu'il brûlât de l'encens sur l'autel, et que je lui donnais cet argent en remerciement de sa courtoisie. « Vous n'adorez pas Bouddha, dans votre pays ? » demanda-t-il. Je désignai le ciel du doigt et lui répondis que nous adorions le Bon Dieu, maître du Ciel et de la Terre. « Ah oui, dit-il. Et il s'appelle *Ye-su*, n'est-ce pas ? » Ces Chinois semblaient avoir quelque connaissance de la religion catholique, cette région comptant de nombreux convertis au catholicisme. Au cours de notre conversation, un moine avait allumé deux bougies et brûlait de l'encens sur l'autel. « Allons, dit-il, venez voir la précieuse dent. » Je m'avançai vers l'autel. Un coffre avait été découvert et les reliques s'offrirent à ma vue, protégées par une grille de fer. À l'avant, sur un plateau, reposait la fameuse dent, ou ce qui était supposé l'être : un gros morceau d'une substance blanchâtre et d'environ six pouces carrés, qui ressemblait plus à un caillou qu'à une dent. Derrière elle se trouvait une autre relique qui me parut bien plus curieuse que la première. Cela ressemblait à un petit bout de cristal taillé en forme de vase et contenant une substance bizarre. J'appris qu'il ne s'agissait que d'un flacon de cristal et que la relique était suspendue à son extrémité. À cause de la grille, je ne pus l'examiner de très près. « À présent, dit le moine, placez-vous de ce côté et regardez. Dites-moi ce que vous voyez à l'intérieur du vase. » Je suivis ses instructions et vis quelque chose qui rappelait une tête d'homme et dont les yeux me regardaient fixement. On m'expliqua qu'il s'agissait de quelque chose qui avait poussé sur le front de Bouddha. Lorsque le même phénomène se produisait sur la tête d'un mortel, c'était le signe qu'il était parvenu à un très fort degré de perfection, proche des dieux. « À présent, placez-vous à l'autre coin, et dites-moi de quelle couleur vous apparaît la relique. » Je m'exécutai, et la substance, quelle qu'elle soit, prit une teinte rougeâtre. « Ah, c'est très bien ! dit le moine. C'est un bon présage, car il apparaît de cette couleur uniquement aux personnes favorisées. Les gens le voient de différentes couleurs, mais celle que vous avez vue est la meilleure[1]. »

---

1. La grille m'empêcha de mener un examen plus approfondi de ces curiosités, et je dus me contenter des renseignements que j'avais obtenus des moines. Toutefois, de retour à Foo-chow-foo, je priai M. Morrison (le fils du célèbre Dr Morrison), l'un des premiers et meilleurs sinologues, de faire quérir son professeur, afin, si possible, de recueillir de plus amples informations. Ce vieil homme était natif de la ville de Shaou-hing-foo, connue en Chine pour ses hommes de lettres. Il avait aussi visité le temple de Koo-chan et vu les précieuses reliques. Il nous fournit les mêmes détails que ceux donnés par les moines.

Ensuite, le vieux moine me conduisit sur une autre partie des terres afin de me montrer la fameuse source. C'était le vallon ou la ravine la plus romantique que j'aie jamais vu. Nous y descendîmes par quelques marches de pierre, empruntâmes un pont au-dessus de la ravine et nous retrouvâmes devant un petit temple. D'un côté, l'eau jaillissait, claire et fraîche, de la montagne, dans une petite cuvette destinée à cet effet. De l'autre, un chaudron ou une grande bouilloire était sur le feu toute la journée, afin de pouvoir offrir à toute heure du thé aux visiteurs. Plusieurs moines, apparemment chargés de ce temple, paressaient. Ils me reçurent avec une grande gentillesse et me prièrent de m'asseoir à une table sous le porche. L'un d'eux prit une tasse et la remplit à la source, puis il me l'apporta afin que je la goûtasse. Tous louaient ses vertus, et c'était en effet une eau délicieuse. Je leur dis que c'était la meilleure eau que j'aie jamais bue, et ils m'apportèrent une tasse de thé préparé avec cette eau.

Après avoir dégusté mon thé, je m'éloignai par le chemin pavé et fis le tour de la montagne pour me retrouver au milieu d'une végétation qui poussait ici par la seule volonté de la nature. Le pin chinois (*Pinus sinensis*) ainsi qu'une belle variété de *Abies* étaient les seuls arbres de quelque hauteur, mais le sol était tapissé de nombreux arbustes superbes, parmi lesquels l'azalée était la plus remarquable. Nous étions au printemps, et ces fleurs charmantes étaient en pleine floraison. Je les ai souvent vues en Angleterre, et elles produisent sans doute un effet de plus grande splendeur dans nos serres et nos expositions florales. Cependant, je suis enclin à les préférer quand elles poussent libres et sauvages à flanc de montagne, et surgissent des broussailles, ou mêlent leurs couleurs chatoyantes à celles des autres fleurs.

Ainsi, elles n'en ressortent que plus belles par le contraste.

Je fus enfin arrêté dans ma progression par un précipice qui mit fin à ma promenade. Un pavillon d'été se dressait au sommet de ce ravin. J'entrai et pris place sur l'un des bancs prévus pour les visiteurs. J'eus alors sous les yeux l'une des plus belles vues qu'il m'ait été donné de voir depuis bien des jours. Au-dessus de moi, dominait majestueusement le célèbre pic de Koo-chan, à mille pieds de l'endroit où je me trouvais. À mes pieds s'étendaient des ravines accidentées et rocheuses, parfois arides, parfois tapissées d'arbres et de broussailles, mais parfaitement sauvages. Offrant un contraste saisissant avec ce paysage, mes yeux se posèrent sur la superbe vallée du Min, qui abrite la ville de Foo-chow-foo. Le fleuve y serpentait, parsemé de bateaux et de jonques naviguant fébrilement dans les deux sens. Les champs étaient verts et irrigués par de nombreux canaux. Dans le fond, les collines presque aussi hautes que le Koo-chan complétaient le tableau. Le fleuve y prend sa source et n'y est pas visible.

Les Chinois aiment beaucoup admirer le soleil qui se lève sur le pic de Koo-chan. Beaucoup d'entre eux dorment dans le temple, et grimpent au sommet de la montagne à la lueur des torches, à temps pour assister au lever du soleil. J'imagine aisément l'effet saisissant que produirait sur l'esprit d'un Chinois, surtout s'il est originaire de l'intérieur des terres, le spectacle du soleil qui se lève sur l'océan, semblant en émerger.

Satisfait de ce que j'avais vu, j'errai longtemps au milieu de ce paysage superbe. Enfin, mes domestiques me rappelèrent qu'il était temps de repartir pour Foo-chow. Je fis donc mes adieux aux moines et nous redescendîmes vers les plaines. Au pied de la montagne, notre bateau nous attendait. Grâce à un courant favorable, nous avançâmes à l'aviron jusqu'au pont de Foo-chow.

J'avais été convié à dîner chez mon ami M. Compton, qui habite en ville, à deux ou trois milles du pont près duquel je logeais, aussi je me hâtai de prendre une chaise à porteurs et je partis sans tarder vers son domicile. Ces chaises sont les fiacres de Foo-chow. Quiconque en a les moyens s'en sert pour ses déplacements, comme nous le faisons en Angleterre grâce aux fiacres de nos grandes villes.

Dès la tombée de la nuit, les portes de la ville étaient verrouillées, et on portait les clés chez l'un des hauts mandarins. Lors de mes précédents passages dans cette ville, je m'étais toujours dépêché de partir avant la nuit, de peur de rester enfermé. Ici, en effet, les portes, une fois fermées, ne sont pas ouvertes avant le lendemain, quoi qu'il arrive. Dans d'autres villes de moindre importance, comme Shanghai ou Ning-po, un peu d'argent peut les faire ouvrir, du moins jusqu'à une heure très avancée.

Toutefois, les Chinois ont toujours un moyen de contourner même la plus astreignante des lois. Ici, ils avaient une façon d'entrer et de sortir de la ville qui ne manquait pas de drôlerie. Le plus surprenant est qu'ils bénéficiaient pour cela de l'aide des officiers du gouvernement. De plus, il ne fait aucun doute que ce système était connu des magistrats de la ville.

Après le repas, M. Compton et moi-même allâmes nous promener près de la porte de la cité, et nous la trouvâmes fermée pour la nuit. Voyant ce qui nous arrivait, les Chinois nous désignèrent aimablement un côté des remparts. Ils nous informèrent que si nous allions là-bas, nous trouverions un moyen de sortir. Suivant leurs instructions, nous nous dirigeâmes vers les remparts. Là, nous assistâmes à une scène des plus étranges et des plus amusantes. Face à l'une des embrasures, une échelle était posée contre la muraille. Des hommes ne cessaient de monter et de descendre comme des abeilles. L'un des gardes faisait de toute évidence de bonnes affaires, car chaque homme devait payer quelques pièces de monnaie pour pouvoir emprunter cette voie.

Comme les Chinois, je descendis l'échelle, à la grande stupéfaction des gardes célestes, qui ne s'attendaient guère à voir un « quag-yang[1] » emprunter ce passage fort commode.

Je passai quelques jours de plus à Foo-chow et recueillis des plants de thé sur les collines des alentours. J'étais impatient de repartir vers Ning-po et Shanghai. Il existait trois itinéraires possibles. L'un passait par la mer, le deuxième par la route qui longe la côte par la ville de Wan-chow, et le troisième remontait le fleuve Min vers Kien-ning-foo puis traversait les montagnes de Bohea. Ce dernier parcours était de loin le plus long, car il menait trop loin vers l'ouest, en direction du célèbre Woo-e-shan. J'avais diverses raisons d'être soucieux d'arriver au plus vite, aussi je me décidai à emprunter le fleuve Min.

Ayant conclu mes affaires dans la région, je rassemblai mes effets et descendis vers l'embouchure du Min. Je louai un bateau et me mis en route. À quelques milles au-dessus de Foo-chow, le fleuve se partage en deux rivières, dont l'une traverse la ville, tandis que l'autre passe plus au sud sur une certaine distance. Toutes deux se réunissent toutefois à dix milles de la mer. Je pris le passage du sud, contournant ainsi la ville de Foo-chow. Le courant et le vent étant tous deux favorables, mon bateau voguait à une grande vitesse, et j'eus la satisfaction d'atteindre le deuxième pont, situé à trois ou quatre milles au-dessus de la cité, dès la première nuit.

1. Nom donné ici aux étrangers.

Nous dûmes ramener le bateau vers la rive à l'aviron et prîmes une nuit de repos. Le lendemain, au point du jour, nous repartîmes pour remonter le fleuve. De nombreux bateaux nous accompagnaient, voguant vers les grandes villes de Suiy-kow, Yen-ping-foo et Kien-ning-foo, toutes situées au bord du Min. J'étais vêtu d'un costume du pays, aussi personne ne me prêta la moindre attention, et je me dis que j'allais atteindre le but que je m'étais fixé.

Les bateliers, qui avaient été engagés à l'embouchure du Min, ignoraient tout de mes desseins. Ils commençaient à me demander jusqu'où je comptais aller à bord de leur bateau, et si je souhaitais revenir avec eux. Je leur répondis que je souhaitais les quitter à Suiy-kow, une ville située disait-on à environ 240 lis de Foo-chow-foo. Stupéfaits, ils levèrent les bras au ciel, et me déclarèrent qu'il était impossible d'aller aussi loin avec ce bateau. « Fort bien, répondis-je, dans ce cas, j'engagerai un autre bateau et vous pourrez vous en retourner. » Aussitôt, ils discutèrent entre eux pendant quelques minutes, et finirent par m'annoncer que mon souhait était réalisable. Ils acceptèrent de m'emmener jusqu'à Suiy-kow.

Jusqu'ici, nous traversions ce qu'on nomme couramment la vallée du Min. Elle est d'une richesse et d'une fertilité extraordinaires. La plaine regorge de bosquets de litchis, de longans, de pêchers et de pruniers. L'*Aglaia odorata* odorant, que l'on mélange au tabac, et le *Chloranthus*, qui sert à parfumer les thés les plus fins, sont cultivés intensivement. On trouve beaucoup de sucre de canne et de tabac dans tous les champs. En plus des légumes habituels, je remarquai un grand nombre de fleurs parfumées, plus particulièrement la tubéreuse italienne et le jasmin (*Jasminum sambac*). Ces derniers sont vendus sur les marchés et les dames aiment à en acheter pour en parer leur chevelure.

Quelques milles au-dessus de Foo-chow, nous quittâmes apparemment la vallée, car le paysage changea de physionomie. Les collines étaient parfois très proches de l'eau. Beaucoup étaient accidentées et arides, tandis que d'autres paraissaient plus fertiles et riches en cultures. D'autres encore étaient couvertes d'arbres et de broussailles. Les arbres fruitiers cités plus haut poussaient sur quelques parcelles de terrain plat, près des villages. Parmi les autres arbres, on comptait principalement le pin chinois, si courant, et le *Cunninghamia lanceolata*. La vue d'ensemble était des plus saisissantes, et me fit oublier tous les inconvénients du voyage.

Le commerce du bois est ici très développé, c'est d'ailleurs la principale activité de Foo-chow, aussi nous croisions constamment de grands radeaux qui flottaient, menés par le courant, vers la ville. Je remarquai que certains étaient dotés de petites maisons destinées aux personnes qui les conduisaient. Cela me parut un fort beau métier et, en les voyant ainsi cheminer lentement au fil de l'eau, entourés de ce superbe paysage, j'en vins presque à envier leur sort.

À l'aube du quatrième jour, nous atteignîmes Suiykow. C'est généralement ici que les voyageurs qui se rendent dans les villes septentrionales quittent le bateau, et partent en chaise à porteurs, car les rapides sont nombreux et les bateaux ne progressent que lentement contre le courant.

Cette ville est agréablement située sur la rive gauche du fleuve et ne doit guère compter plus de cinq ou six mille habitants. Un grand nombre de bateaux, si l'on prend en compte la taille de la ville, étaient amarrés le long des berges du fleuve. La principale activité de cette cité semble être le ravitaillement des bateliers et des voyageurs qui passent, en route pour l'intérieur des terres ou le littoral.

J'envoyai mes domestiques trouver un autre bateau, pendant que je me promenais dans la ville et ses environs. Nous nous retrouvâmes au bout de deux heures à l'endroit où nous avions débarqué. J'appris qu'ils avaient échoué dans leur mission et qu'ils étaient très désireux de me voir continuer dans une chaise à porteurs, car c'était selon eux le mode de transport le plus courant. Le trajet était long, et je craignais de ne pas avoir apporté assez d'argent pour payer les frais d'une telle entreprise. La prudence me dicta donc de reporter cet intéressant voyage à une date ultérieure.

Je décidai que la meilleure attitude à adopter, au vu des circonstances, était d'envoyer mes domestiques en éclaireurs dans le pays du délicieux thé noir, la région de Woo-e-shan. Devais-je les emmener avec moi à Ning-po par la mer, puis les renvoyer par les montagnes de Bohea ? Quelle garantie avais-je qu'ils s'y rendraient vraiment ? Ils pouvaient fort bien se procurer des thés dans une région plus proche et rentrer en affirmant être allés à Woo-e. En les envoyant par le fleuve Min, cependant, ils étaient obligés de traverser le pays du thé noir, et n'auraient donc aucune raison de me tromper. S'ils me rapportaient des plants de thé, je devrais être en mesure de juger, à plusieurs détails, s'ils provenaient bien du pays du thé noir.

Cette affaire étant arrangée, je leur donnai assez de dollars pour payer les frais de leur voyage et faire les achats que je leur avais commandés. De plus, je leur promis une récompense substantielle s'ils me donnaient satisfaction. Ensuite, je les laissai poursuivre leur voyage et m'en retournai seul à l'embouchure du Min. J'y trouvai un *lorcha* portugais disposé à partir pour Ning-po. J'y pris une place et atteignis la ville en douze jours.

Trois semaines plus tard, l'un de mes hommes

arriva chargé d'une belle sélection de jeunes pousses d'arbres à thé, qu'il avait sans nul doute obtenues dans la région de Woo-e-shan, celle du thé noir. Il me raconta qu'il s'était brouillé avec son compagnon durant le voyage et qu'ils s'étaient séparés à Kein-ning-foo, peu de temps après que je les avais laissés.

Wang avait pour instruction de se diriger au nord du Fokien vers la région de Hwuy-chow, et de récolter de nouveaux plants au pays du thé vert. Il s'était rendu là-bas en ma compagnie, l'automne précédent. Il lui serait bien sûr bien plus facile de se procurer ces échantillons dans les collines de Bohea qu'à Hwuy-chow, et il n'aurait guère eu de difficulté à me dire qu'il était allé dans un pays où il n'avait jamais mis les pieds, mais j'avais un moyen de vérifier ses dires. Celui-ci me fut utile plus d'une fois, et pas seulement avec Wang. Au cours de mon voyage dans le pays du thé vert, l'automne précédent, j'avais découvert un superbe arbuste à feuillage persistant, le *Berberis japonica*, et ce fut le seul endroit où je le trouvai. J'avais donc ordonné à Wang de me rapporter des plants de celui-ci, en plus du thé, et que s'il ne le faisait pas, il ne pouvait espérer obtenir de récompense. Il retourna à Ning-po environ cinq semaines après l'autre domestique, ne me rapportant que peu de plantes et une facture très conséquente. Toutefois, il était vraiment allé à Hwuy-chow, et ce qu'il me rapporta était valable.

En attendant ces hommes à Ning-po, je décidai de me rendre dans un lieu que j'avais fréquenté jadis, le temple de Tein-tung, situé au milieu des collines, à environ vingt milles de la ville. En chemin, je rencontrai un vieil ami (M. Wills, de Shanghai), qui passait quelques jours à chasser dans les collines de Tein-tung. Au cours d'une promenade, il avait rencontré un groupe de chasseurs chinois et leur avait donné rendez-vous pour le lendemain. J'acceptai avec plaisir de me joindre à eux, désireux de voir les indigènes à l'œuvre dans cette discipline.

Le lendemain matin, de bonne heure, nous nous rendîmes à notre rendez-vous. Les Chinois nous attendaient déjà, avec leurs fusils et leurs chiens. On imagine aisément l'aspect saisissant de ce groupe. Le chef de ces chasseurs était le plus beau spécimen de Chinois qu'il m'ait été donné de voir. Il était grand, bien fait, son front était haut et fin et il avait une expression avenante. Tous les autres semblaient obéir à Mo-ze, tel était son nom, et étaient entièrement sous sa coupe. Leurs armes étaient toutes du même type : de longs *matchlocks* très fins, et apparemment assez dangereux quand on remplaçait la poudre anglaise par de la chinoise. Tous ceux qui étaient armés vinrent vers moi pour me demander de leur fournir des munitions, qu'ils semblaient trouver bien supérieures aux leurs. Ensuite, chacun alluma sa mèche, on rassembla les rabatteurs et les chiens, et nous nous mîmes à la poursuite des cerfs.

C'était une délicieuse matinée de printemps, et les printemps sont vraiment merveilleux au cœur de ces collines septentrionales. L'herbe était couverte de rosée, les petits oiseaux sifflaient leurs chants de louanges matinaux, et dans les champs, le paysan chinois était déjà au travail. Les coupeurs d'herbe s'affairaient dans les bois ou aux abords de cette jungle dense et sauvage. Nos compagnons les questionnèrent sur les repaires des cerfs. Ils finirent par obtenir des renseignements précis et décidèrent de battre une colline voisine couverte de taillis et de jungle.

Ceux qui étaient armés se postèrent à différents endroits à l'orée du bois, puis les rabatteurs et les chiens furent lâchés dans la jungle. C'était la première fois que je voyais chasser des chiens chinois, et leurs prouesses m'amusèrent beaucoup. Ils semblaient avoir un flair très peu développé, voire inexistant, mais l'œil vif et le pas leste. Un animal blessé avait peu de chances de leur échapper. Ce sont d'excellents rabatteurs, quand ils sont ainsi dressés, et en tout cas ils sont très bruyants. Pourtant, ils ne sont pas loin de soutenir la comparaison avec les chiens anglais.

Quelques minutes après le début de la battue, on aperçut un cerf bondissant dans les broussailles à flanc de coteau. L'un des chiens le prit en chasse, et nous avions tous les yeux rivés dans leur direction, sur le lieu où l'animal allait sans doute émerger du taillis. Il arriva enfin dans le champ de tir de nos chasseurs. M. Wills et un Chinois tirèrent en même temps. L'un d'eux brisa une des pattes antérieures de la bête et le chien eut tôt fait de le dénicher. Ensuite, on battit chaque taillis de la même manière, avec plus ou moins de succès. À la fin de la journée, nous n'étions pas mécontents de notre partie de chasse.

Fatigués, nous regagnâmes le bateau. Nous avions une faim de loup et dînâmes avec plaisir, échangeant nos souvenirs de batailles passées. Puis nous plongeâmes dans un sommeil réparateur. Le lendemain matin, je me levai de bonne heure, et me rendis à pied au temple de Tein-tung, à environ cinq ou six milles au cœur des collines. J'atteignis le sommet du premier col, où se dressent un petit temple et une pagode en ruine. La vue était des plus grandioses. Derrière moi s'étendait la large vallée du Ning-po, arrosée par un réseau de rivières et de canaux, et extrêmement fertile. Devant moi, je voyais une douce et superbe vallée, apparemment entourée de collines. On y cultivait du riz, et j'apercevais à leur pied des parcelles de thé. L'ensemble se trouvait avant tout à l'état naturel, et n'avait pas été touché par l'Homme.

Tout autour de moi, des fleurs sauvages poussaient à profusion. La jaune *Azalea chinensis* semblait peindre les flancs des collines tant il y avait de ces fleurs aux couleurs si vives. On trouvait un autre arbuste encore nouveau pour les botanistes, et à peine connu en Europe, appelé *Amelanchier racemosa*, aussi beau que l'azalée, et dont les masses de fleurs rivalisent avec la blancheur la plus immaculée.

En redescendant de la colline, je croisai un temple petit et sans prétention, érigé comme il l'était indiqué « en l'honneur des dieux de la terre ». On rencontre souvent de petits temples de ce style le long des routes, particulièrement aux alentours des monastères. Idolâtres, ils expriment leur gratitude à l'Être Suprême pour les « averses qui annoncent le printemps et réjouissent le sol assoiffé ».

J'avais visité de nombreux endroits en me rendant au temple, aussi était-il plus de midi quand j'atteignis les terres sacrées. La grande cloche de bronze résonnait dans le beffroi, et les moines se précipitaient vers la grande salle où devaient commencer leurs dévotions, car c'était l'heure de la prière.

Aux alentours du temple, les collines sont richement boisées. Les moines de cette secte semblent en effet préserver avec grand soin les arbres qui poussent autour de leurs temples et qui contribuent à la beauté du paysage. Les abords du temple sont ornés de beaux spécimens de *Cryptomeria japonica*, et à ses côtés, se trouvent les plus hauts sapins chinois (*Pinus sinensis*) que j'aie rencontrés dans le pays, ainsi que de beaux bois de bambous, qui méritent plus qu'un rapide coup d'œil. Leurs troncs mesurent parfois un pied de circonférence. Ils sont nets, droits et hauts de trente à cinquante pieds. Les variétés à formation irrégulière que j'ai rencontrées aux Indes et dans d'autres parties du monde ne sont pas comparables à celles de la Chine du Nord. Il serait judicieux de les introduire dans nos colonies indiennes des Himalayas, où elles seraient aussi utiles aux indigènes qu'elles le sont aux Chinois.

Le bambou est l'un des arbres les plus précieux en Chine. Il est utilisé de mille et une façons. Il sert à la fabrication de chapeaux pour les soldats, de boucliers, d'ombrelles, de semelles de chaussures, d'échafaudages, d'instruments de mesure, de paniers, de cordes, de papier, de porte-crayons, de balais, de chaises à porteurs, de tuyaux, de tuteurs et de treillages de jardins. Ses copeaux servent à la confection d'oreillers, ses feuilles à celle d'une espèce de cape pour la pluie appelée « so-e », ou vêtement de feuilles. Sur l'eau, on l'emploie pour la fabrication de voiles et de capots pour les bateaux, de cannes à pêche, d'épuisettes, de piquets et de bouées. Les catamarans sont des bateaux rudimentaires, ou plutôt des flotteurs, formés de quelques cannes de bambou solidement liées. Dans le domaine agricole, le bambou sert pour la construction d'aqueducs menant l'eau vers la terre, il entre dans la fabrication de la fameuse roue hydraulique ainsi que dans celle de la charrue, de la herse et autres outils agricoles. Le bambou donne d'excellentes canalisations pour l'acheminement des eaux pures des sources des collines vers les maisons et les temples des vallées. On découpe souvent dans ses racines des silhouettes grotesques et on sculpte finement son tronc en bibelots pour les curieux ou en encensoirs pour les temples. Les meubles de Ning-po, les plus beaux de toute la Chine, sont souvent incrustés de figures représentant des personnages, des maisons, des temples et des pagodes en bambou, qui dépeignent la Chine et les Chinois de façon exacte et saisissante. Les jeunes pousses sont bouillies et consommées. On en fait également des sucreries. Le *tabasheer*, une substance extraite de ses ramifications, est employé en médecine. Pour ce qui concerne le traitement du thé, le bambou entre dans la fabrication des tables à rouler, des paniers de séchage et des tamis. Son dernier emploi, et non des moindres, est la fabrication des fameuses baguettes, l'article domestique le plus important.

Même si le lecteur est incrédule, je me dois de le mener un peu plus loin, et de lui dire que je n'ai pas cité la moitié des utilisations du bambou en Chine. Il serait en effet presque aussi difficile d'énumérer ce à quoi il ne sert pas. Il est universellement nécessaire, que ce soit à la maison ou au champ, sur l'eau ou sur la terre ferme, en temps de paix ou de guerre. Tout au long de sa vie, le Chinois dépend presque de lui, et il l'accompagne même jusque dans sa dernière demeure à flanc de colline. Même là, le bambou se penche sur la tombe et la marque, en compagnie des cyprès, des genévriers et des pins.

Au temps de la dernière guerre, lorsque l'empereur de Chine voulut, sans doute par prévenance, vaincre les Anglais en bloquant leur approvisionnement de thé et de rhubarbe, sans lesquels il supposait qu'ils ne pourraient survivre très longtemps, nous aurions pu lui retourner la politesse s'il nous avait été possible de détruire tous ses bambous. Avec toute la déférence due à sa Majesté céleste, les Anglais auraient pu survivre sans thé ni rhubarbe, alors qu'il est inconcevable que la Chine existe, en tant que nation ou pas, sans bambous.

En arrivant dans mes quartiers, chez le moine, je découvris que deux de mes amis de Shanghai, M. Bowman et le Dr Kirk, y résidaient. Le docteur avait tenté d'étonner et d'instruire les Chinois en leur montrant un siphon et en s'en servant pour vider un de leurs abreuvoirs. Il est cependant difficile d'étonner un Chinois, et encore plus de le convaincre qu'il existe quelque chose qu'il ne comprend pas ! L'homme regarda en silence pendant quelques minutes, puis, avec un sourire triomphant, tendit le doigt vers ses tuyaux de bambou, qui servent à drainer l'eau vers les maisons des moines. « L'eau n'y montait-elle pas perpendiculairement, et à n'importe quelle hauteur ? » Certes, mais pas par le principe du siphon, car la source alimentant ces tuyaux se trouve très haut sur le flanc de la colline.

Je quittai le temple au bout d'un ou deux jours, en compagnie de mes deux amis, et nous partîmes vers les lacs de Tung-hoo. Ayant loué des bateaux, nous naviguâmes sur les lacs et visitâmes leurs rives. Quand on sut que l'un de mes compagnons était un homme de médecine, il fut très sollicité par « les malades, les estropiés et les aveugles », qui croyaient qu'il pouvait guérir toutes sortes de maux. Un incident amusant survint lors de l'entrevue du docteur avec un vieil homme. D'après les paroles du vieil homme, mon ami supposait qu'il voulait lui offrir des honoraires. Nous finîmes par nous rendre compte, au contraire, qu'il essayait de faire comprendre au docteur que ses conseils et son aide ne pouvaient être acceptés que s'ils étaient gratuits !

Durant les trois jours de notre séjour, je fus très occupé à cueillir des spécimens de produits de la nature. Les rives des lacs regorgeaient de plantes, et encore plus d'insectes. Beaucoup de ces derniers sont inconnus des entomologistes, mais mes sélections ne sont pas encore classées ni examinées.

J'aurais pu flâner encore longtemps dans cette partie du pays, mais mes domestiques étaient revenus des montagnes de Bohea, et mes vacances étaient pour l'instant terminées. Je retournai donc à Ning-po et me préparai pour un autre voyage, peut-être encore plus important.

7

Vers les montagnes Bohea. — Mes guides. — Un drapeau et son histoire. — De nouveau le Fleuve Vert. — Un orage. — Un ménage comme tant d'autres. — Notre bateau est arrêté et sa voile saisie pour dettes. — Un créancier chinois. — Nan-che. — Les moustiques. — Le tabac des moustiques. — Arrivée à Nan-che.

Je ne pouvais pas me faire à l'idée de retourner en Europe sans être parfaitement certain d'avoir introduit dans les plantations de la Compagnie des Indes des plantes recueillies dans les meilleurs lieux de production de la Chine pour le thé noir. J'avais une très grande envie de parcourir les montagnes Bohea et de visiter en personne le fameux Woo-e-shan. À tout hasard, je décidai de faire une nouvelle tentative et de prendre pour point de départ de cette nouvelle expédition Ning-po, où la population a bien moins de préjugés contre les étrangers qu'à Canton et à Foo-chow.

Un homme qui venait de rentrer de cette région exprima sa volonté de m'accompagner. Il connaissait bien la route et je n'aurais pu trouver de meilleur guide. Il me montra un petit drapeau triangulaire qui était en sa possession. Il le tenait d'un mandarin avec qui il avait jadis voyagé jusqu'à Pékin. Avec ce drapeau, me dit-il, personne n'oserait nous importuner. J'avoue que j'étais plutôt sceptique quant aux pouvoirs de cet objet, mais je le laissai faire.

Nous louâmes un bateau et quittâmes Ning-po dans la soirée du 15 mai. Le courant et le vent nous étaient favorables, et nous remontâmes rapidement le fleuve, croisant successivement le consulat britannique et les maisons des missionnaires, qui longeaient le fleuve. C'était une soirée sombre et morne, et quand la nuit nous enveloppa, il se mit à pleuvoir à torrents. Je me sentais quelque peu déprimé, ne pouvant chasser de mon esprit que le voyage que j'entreprenais allait être long, et peut-être plein de dangers. Ma route traversait des contrées presque inconnues, et je ne pouvais me fier entièrement à mon guide. Cependant, le sort en était jeté et, m'en remettant à la volonté de Dieu qui nous protège où que nous soyons, je décidai de faire face le cœur vaillant aux vicissitudes et aux dangers du voyage.

Mon domestique se présenta et me rappela qu'il était temps que je me change en « l'homme que j'étais à l'aller » et revête mon costume local. Une fois cette transformation opérée, je doute que mes amis les plus proches eussent pu me reconnaître. En me regardant dans le miroir, c'est à peine si je me reconnaissais moi-même. « Vous êtes très bien, dit mon domestique. Quand nous atteindrons la ville de Nan-che, j'achèterai un chapeau de soleil, ainsi votre costume sera parfait. »

Le lendemain, au point du jour, nous traversâmes une ville de taille considérable du nom de Yu-yeou, que nos troupes avaient visitée pendant la guerre. C'était une ville fortifiée, dont les remparts encerclent une colline d'étendue immense, au sommet de laquelle se dressent de nombreux temples bouddhistes. Les faubourgs s'étirent le long des rives du fleuve, formant la plus grande partie de la ville. À quelques milles de là, le fleuve se rétrécit et semble perdu au milieu d'un entrecroisement de canaux. Nous étions en effet proches de sa source. Un peu plus tard, nous atteignîmes le pont-levis, un plan incliné déjà décrit dans un chapitre précédent.

Un événement curieux intervint tandis qu'avec une cinquantaine d'autres bateaux, nous attendions notre tour de treuil. La plupart de ces bateaux venaient de Ning-po, portés par le même courant que nous, et se rendaient dans la petite ville de Pak-wan. Nous dûmes attendre notre tour pendant une heure. Durant cette attente, un batelier robuste et bruyant, une brute, de toute évidence, et qui se trouvait à l'arrière, perdit patience et tenta de se frayer un chemin pour dépasser les autres bateaux. Sous les cris et les menaces il parvint à en dépasser un bon nombre, et arriva enfin à ma hauteur. Nous attendions déjà depuis un certain temps, aussi l'idée de voir cet homme passer devant nous me déplaisait fortement. Cependant, je ne souhaitais pas provoquer de remous, alors je ne m'interposai pas entre lui et mes bateliers. Mon domestique, toutefois, un homme fougueux et puissant, était, semblait-il, bien décidé à ne pas laisser faire cet individu. En approchant, celui-ci poussa notre bateau comme il l'avait fait pour les autres, en nous demandant à grands cris de le laisser passer, car il était très pressé. « Tu ne peux passer devant ce bateau », dit un membre de mon équipage en poussant la proue de notre embarcation contre la berge du canal pour lui barrer la route. « Oh que si », répondit-il, et malgré les vives remontrances de mes bateliers, il continua à nous écarter, en essayant de forcer le passage. Sing-Hoo, c'était là le nom de mon domestique, sortit et demanda d'un ton furieux à l'individu de quoi il retournait. « Sais-tu qu'il y a un mandarin à bord de ce bateau ? demanda-t-il. Tu devrais prendre garde à ce que tu fais. – Je me moque des mandarins, répondit l'homme, je dois passer. – Très bien, dit Hoo, nous allons voir. » Il monta à bord, alla chercher le drapeau triangulaire et l'accrocha au mât de notre bateau. « Voilà, dit-il à l'autre. Tu veux toujours passer ? » À mon grand étonnement, notre ami le fanfaron devint tout à coup doux comme un agneau, il bredouilla des excuses pour sa conduite et s'assit calmement sur la proue de son bateau pour attendre son tour comme nous tous, tandis que les autres équipages, qui avaient assisté à la scène, riaient de bon cœur à ses dépens.

Sing-Hoo vint à moi en souriant et dit : « Vous voyez l'effet que produit ce petit drapeau. » Je reconnus que cela m'avait étonné et le priai de m'en dire davantage. Il me raconta que, des années auparavant, il avait été au service d'un mandarin lié à la famille impériale. Il avait voyagé avec lui et sa famille de Shantung à Pékin. Ils avaient emporté ce drapeau partout avec eux, qui les avait toujours protégés des attaques. Une fois rentré dans sa province d'origine, le vieux monsieur lui en avait fait cadeau, prétendit mon domestique. Depuis, il lui avait été utile en maintes occasions. Il parlait avec fierté du temps où il était au service de la famille impériale. Il avait vu le vieil empereur Taou-kwang, et porté la livrée jaune, qu'il avait toujours en sa possession.

On fixa à notre bateau deux cordes liées attachées au treuil, puis nous fûmes hissés au sommet du plan incliné et lancés sur le haut canal. Quelques milles plus loin, nous arrivâmes face à un canal encore plus élevé, sur lequel nous passâmes grâce au même procédé. Le second canal aboutit à la ville de Pak-wan. Nous y laissâmes notre bateau et traversâmes à pied le canal menant à Shaou-hing-foo et Nechow, où nous louâmes une nouvelle embarcation et poursuivîmes notre voyage. J'ai déjà parcouru ce chemin et décrit en détail le paysage dans un chapitre précédent, aussi je ne m'y attarderai pas.

Le lendemain, nous atteignîmes la petite ville de Nechow. Nous embarquâmes sur un grand navire et remontâmes jusqu'au Hwuy-chow ou Fleuve Vert. Je me permettrai de rappeler au lecteur que ce fleuve se jette dans la mer peu avant Hang-chow-foo. Il constitue la voie principale qui relie les régions septentrionales du Fokien, ainsi que Kiang-see et Hwuy-chow avec les grandes villes de Hang-chow-foo, Soo-chow-foo et Shanghai, sur la côte est. C'est elle qu'empruntent presque tous les thés noirs et verts du commerce, exportés de la Chine du Nord.

Nous arrivâmes sur le Fleuve Vert et avançâmes rapidement, car le vent était favorable. Outre nous-mêmes, le bateau transportait plusieurs autres passagers qui venaient tous de l'Ouest et connaissaient fort peu les étrangers. Ils ne semblaient pas se douter que j'en fusse un. Je crois que mon domestique leur avait dit que je venais de quelque province éloignée située au-delà de la Grande Muraille. Ils semblèrent se contenter de ces informations, si vagues fussent-elles. De plus, j'étais à présent familier de leurs coutumes. Je mangeais avec des baguettes avec la même adresse que n'importe lequel d'entre eux, et mon costume était, je crois, irréprochable. Même la queue noire et soyeuse fixée sur mes propres cheveux pendait avec grâce et m'arrivait presque aux talons.

Au soir du troisième jour suivant notre départ de Nechow, apparut l'antique cité de Yen-chow-foo. Ici, le fleuve traverse une vallée magnifique et fertile, au cœur de laquelle se trouve la ville. « *Cette vallée superbe regorge de camphriers et d'arbres à suif.* » C'est là l'inscription portée sur une carte dessinée, dit-on, par les jésuites, il y a fort longtemps. Je découvris que c'était bien le cas. En contrebas de la ville, deux rivières se rejoignent. L'une vient du nord-ouest, comme je l'ai déjà signalé, et monte dans les collines de Hwuy-chow. C'est celle que j'avais empruntée l'automne précédent. L'autre, venant du sud-ouest, prend sa source dans les montagnes qui bordent le Fokien et coule en partie parmi les collines au nord-ouest de la ville de Chang-shan, où se rejoignent les trois provinces de Chekiang, Gnanhoei et Kiang-see.

Mon itinéraire empruntait cette seconde rivière, la plus grande. J'étais sur le point de pénétrer sur des terres où je n'avais jamais mis les pieds. Je savais que si je voulais réaliser mon projet, il me faudrait remonter sur deux cents milles sur la terre ferme et dans un paysage montagneux. C'est pourquoi j'avais décidé d'emporter le moins de bagages possible. Mon domestique, toutefois, avait la curieuse habitude d'accumuler les effets au fur et à mesure que nous avancions. Nous étions partis avec très peu de choses, mais sa part allait augmenter au-delà de toute raison en très peu de temps. Il avait de la famille à Yen-chow-foo, aussi, je lui dis de tout confier à ses parents, sauf un minimum de vêtements et une paillasse pour la nuit. Il s'inclina de bonne grâce, car il avait été obligé de se défaire à perte d'une belle malle toute neuve qu'il avait achetée à Foo-chow, au moment de partir pour sa première expédition sur le fleuve Min. Je l'avais vu emballer toutes sortes de choses, sauf l'indispensable, aussi je l'envoyai à terre afin qu'il confiât le paquet à son parent.

Nous repartîmes de bonne heure le lendemain matin, et atteignîmes vers midi une petite ville nommée Ta-yang, située sur la rive gauche du fleuve, près d'un rapide. Ceux-ci se faisaient de plus en plus fréquents sur cette partie du cours d'eau, indépendamment du courant. Après maints efforts, nous réussîmes à remonter le rapide et, les hommes étant fourbus de fatigue, nous décidâmes de demeurer à

Ta-yang pour le reste de la journée. Cela me permit d'examiner à loisir les produits naturels de la région.

De retour de ma promenade, je découvris que le bateau avait été déplacé des abords de la ville vers une petite anse, où il fut amarré pour la nuit. Depuis quelques heures, le ciel était sombre et menaçant. Tout annonçait un orage terrible. À la nuit tombée, beaucoup de petits bateaux vinrent s'abriter dans la petite anse où nous nous trouvions. Jamais je n'oublierai le vacarme et la confusion qui régnaient tandis que les derniers se dépêchaient de se mettre à l'abri. Chacun semblait parfaitement indifférent à ce qui pourrait arriver à son voisin, du moment qu'il était lui-même en sécurité. Notre bateau fut bien malmené et souvent heurté par d'autres.

Les bateaux de Yen-chow et Nan-che sont tous ce que l'on appelle des bateaux familiaux. Le capitaine ou le propriétaire transporte à son bord sa femme et ses enfants. Les hommes de Hwuy-chow, en revanche, qui remontent l'autre bras du fleuve, laissent leurs familles à la maison. Les femmes participent toujours activement à la conduite du bateau, ramant et poussant à l'aide d'une perche autant que les hommes. Si elles valent leurs moitiés dans ces travaux laborieux, elles les surpassent de loin quand survient quelque problème, au cours duquel la parole tient une place prépondérante. Ce soir-là, en affluant vers l'anse pour se mettre à l'abri, tous ces bateaux avançaient dans la plus grande confusion. Le courant étant très rapide, les embarcations arrivaient très vivement. Il faisait nuit noire et de grosses gouttes de pluie se mirent à tomber. L'orage qui menaçait depuis quelque temps arriva petit à petit contre le vent, et des éclairs de feu éclataient çà et là, éclairant la crique et les groupes bigarrés qui nous entouraient. Les bateliers criaient sur tous les tons chaque fois que des bateaux se heurtaient violemment, les enfants hurlaient, et on entendait de toutes parts les voix stridentes des femmes, donnant des ordres aux hommes et se disputant entre elles. Quiconque n'était pas familier des coutumes de ces gens aurait cru qu'un événement horrible était sur le point de se produire. Pour ma part, j'avais trop souvent assisté à de telles scènes pour en être alarmé. C'est pourquoi, bien que la pluie traversât le toit et trempât ma couchette, je dois avouer que j'étais plutôt amusé.

D'ailleurs les Chinois avaient de bonnes raisons pour prendre leurs précautions. En deux heures le fleuve, démesurément gonflé, tomba sur nous, emportant tout ce qu'il trouvait sur son passage. Les bateaux qui se seraient trouvés dans le lit du courant eussent été infailliblement entraînés et mis en pièces. Ces inondations subites sont très fréquentes sur ce cours d'eau, et les bateliers, qui les connaissent bien, prennent grand soin de s'en garer, surtout lorsqu'elles doivent se produire pendant la nuit.

Avec le temps tout le monde finit par se caser, et le conflit des langues cessa peu à peu avec celui des éléments. Alors on commença à parler de ce qui venait d'arriver, et les rires de bonne humeur que l'on entendait partout témoignèrent bientôt que personne n'avait conservé de rancune contre ceux à qui il avait quelques instants auparavant livré une si grande bataille de mots.

Dans notre bateau, la femme du capitaine seule semblait être toujours en colère ; son mari, qui était allé à terre, se faisait attendre, et il était évident que la bonne dame n'était pas peu jalouse des faits et gestes de son époux, surtout quand elle n'était pas là pour le surveiller. Le résultat prouva d'ailleurs qu'elle n'avait pas tout à fait tort ; en effet, lorsqu'il arriva vers les trois heures du matin, il était dans un état d'ivresse complète. Elle ne le manqua pas, et Dieu sait les discours qu'elle lui tenait encore longtemps après qu'elle l'eut mis au lit, longtemps après qu'il se fut endormi et que moi-même, de guerre lasse, j'eus fermé les yeux.

Quand je me réveillai le lendemain matin, l'orage était passé, et les eaux avaient considérablement baissé ; mais le courant était encore trop fort, et il fallut attendre jusqu'à trois heures de l'après-midi avant de pouvoir nous remettre en marche. Malgré les rapides, le vent nous favorisant, nous avancions assez vite. Le lendemain, vers deux heures, nous n'étions plus qu'à une trentaine de lis de Nan-che, et nous espérions y coucher le même soir, lorsque nous fûmes arrêtés par la circonstance la plus imprévue. Nous suivions depuis quelque temps la rive droite, faisant bonne route, lorsqu'un nouveau rapide nous força à rallier la rive gauche pour essayer de le franchir ; mais à peine étions-nous arrivés près de terre que quatre hommes, cachés jusque-là derrière la levée, s'élancèrent tout à coup dans notre bateau. Ce fut le signal d'une querelle des plus bruyantes, et dans un dialecte qui m'était inconnu. J'appelai Sing-Hoo, mon domestique, qui, en véritable Chinois, était déjà au milieu de la bagarre, et lui demandai la cause de tout ce bruit. Il m'apprit que dans un précédent voyage le capitaine de notre bateau avait pris, sans la payer, une certaine quantité de riz, et que son créancier, soutenu de quelques amis, faisait une descente à bord, bien déterminé à être payé ou à emporter notre voile en nantissement. Cela revenait à dire que notre bateau allait être arrêté dans sa marche ; car, sans voile, il nous était impossible de songer à remonter le courant, qui était encore très fort.

En montant sur le pont, j'y trouvai, en effet, deux hommes occupés à amener et à dégréer la voile. Le vieux créancier était à l'avant, regardant tout ce qui se passait avec le plus grand sang-froid. Quant à notre capitaine, il restait à l'arrière, ne disant mot et fumant tranquillement sa pipe. Mais sa femme ne prenait pas les choses si pacifiquement : elle s'agitait, elle bondissait sur ses petits pieds, en proie au plus violent accès de rage, s'en prenant tantôt au créancier et tantôt à son mari. Menaces, prières, elle avait recours à tout, mais toujours en vain.

« Payez ce que vous me devez, disait le créancier endurci, ou bien j'emporte la voile. »

Elle lui demandait de les laisser pousser jusqu'à Nan-che pour y déposer la cargaison, dont le prix devait servir à le payer.

« Ah bien oui ! répondait-il ; je connais ce tour-là, j'y ai déjà été pris une fois, et, au lieu de me payer, vous avez pris une nouvelle cargaison, et vous vous êtes sauvés à Hang-chow-foo. Non ! non ! il faut me payer aujourd'hui, ici même, ou, quand j'aurai pris votre voile, il n'y aura pas de danger que vous vous sauviez encore. »

Les supplications, les menaces, tout était inutile, le bonhomme restait inexorable. La voile fut emportée par ceux qui venaient de nous faire cette singulière visite.

C'était pour moi un contretemps des plus sérieux, car je ne savais plus comment faire pour gagner Nan-che. À la fin, Sing-Hoo proposa d'aller à pied à Nan-che pour y fréter un bateau qui viendrait me chercher avec le bagage. C'était, dans les circonstances, ce qui semblait être le plus raisonnable, et je le laissai partir. Quant à nos compagnons de voyage, ils paraissaient être indifférents à ce qui se passait ; sauf le capitaine et sa femme, tout le monde s'était couché et dormait du plus profond sommeil.

Le lendemain, au point du jour, je fus réveillé par un grand tumulte, et, en ouvrant les yeux, j'aperçus le capitaine qui, monté sur l'avant du bateau, menaçait de se jeter dans la rivière. Il était retenu par sa femme et par l'un de ses matelots, qui le suppliaient tous les deux de renoncer à ce funeste projet et de descendre. Il luttait contre eux de toutes ses forces, et, après s'être débarrassé d'eux, il commença à se déshabiller de l'air le plus résolu. Les autres le regardaient faire en silence, et comme il était encore ivre, je m'attendais à le voir se jeter dans l'eau. Cependant, quand il fut abandonné à lui-même, il parut changer d'avis, et, après avoir contemplé philosophiquement la rivière pendant quelques instants, il rentra dans le bateau et demanda sa pipe, qu'il se mit à fumer le plus tranquillement du monde. Bientôt après, on le vit partir pour Nan-che sous le prétexte d'aller y chercher de l'argent afin de satisfaire son créancier.

Vers midi, mon domestique arriva avec un petit bateau qui devait me conduire à Nan-che. De là, nouveau sujet de dispute entre la femme du capitaine et lui, à propos d'une somme de quatre cents sapèques (1,60 F), qu'il avait promis de payer pour le fret du petit bateau. Selon ses idées de justice, les armateurs du grand bateau devaient ou nous mener eux-mêmes à Nan-che, ou payer les frais de notre voyage jusque-là. Puisqu'ils ne nous menaient pas, il trouvait juste de déduire le fret du petit bateau de la somme qu'on nous réclamait pour prix de la nourriture que nous avions prise pendant le voyage. Je voyais bien qu'il y aurait beaucoup de bruit si nous ne payions pas ce qui nous était demandé, et j'ordonnai à Sing-Hoo de s'exécuter. Il protestait de toutes ses forces, et en même temps il transbordait nos bagages. Alors la femme du capitaine déclara qu'elle irait avec nous plutôt que de perdre ses quatre cents sapèques. Et de fait elle sauta dans le petit bateau ; ce devait être une scène amusante pour ceux qui n'y avaient pas d'intérêt. Pour moi, c'eût été une chose très désagréable que de voyager avec une suite pareille et, afin de couper court, je renouvelai à Sing-Hoo, de la manière la plus impérative, l'ordre de payer. Grâce à ce sacrifice, nous arrivâmes enfin à Nan-che vers les six heures du soir.

Nan-che ou Lanchee, comme on l'appelle le plus souvent sur les cartes, est situé à environ cent vingt lis à l'ouest de Yen-chow-foo. C'est l'une des plus jolies villes chinoises que j'aie jamais vues ; elle me rappelait l'Angleterre plutôt que la Chine. La plupart des maisons ont deux étages, et elles ont un air de propreté et de bonne tenue qui fait plaisir à voir. La ville a deux ou trois milles de circonférence, et renferme peut-être deux cent mille habitants.

Sing-Hoo était désireux de faire de nombreux achats en ville. Il m'affirma que tout ce qui provenait de Nan-che était de bonne qualité, et me conseilla de constituer de bonnes réserves en prévision du reste de notre voyage sur l'eau. Entre-temps, nous avions loué un autre bateau pour nous rendre à Chang-shan, une ville proche de la source du fleuve, du moins pour aller aussi loin que possible dans cette direction. Quand nous eûmes réglé cette affaire et transporté nos achats à bord, il faisait presque nuit. N'ayant que peu mangé au cours de la journée, nous étions affamés et rompus de fatigue. Nos nouveaux bateliers, toutefois, furent très attentifs à nos moindres désirs, et nous servirent rapidement un excellent dîner constitué de riz, de poisson, d'œufs et de légumes, à quoi nous ajoutâmes quelques spécialités de Nan-che, telles que des gâteaux et du vin, que Sing-Hoo m'avait chaudement recommandés.

Le lendemain matin, je descendis à terre pour visiter la ville et les jardins où l'on vend des plantes. J'avais appris que Nan-che se vantait de compter trois ou quatre pépinières. Sa situation centrale, très loin de Shanghai, Ning-po et les autres villes de la côte, me laissait espérer que j'y trouverais des plantes nouvelles et de valeur, dignes d'être expédiées en Angleterre.

Je trouvai les pépinières dans les faubourgs de la ville. J'en visitai trois, sans rien trouver d'intéressant. Elles possédaient de grandes quantités de jasmin (*Jasminum sambac*), de clérodendrons, de roses, d'azalées, de camélias et de nénuphars, mais rien qui ne me fût nouveau ou que je n'eusse trouvé en abondance plus près de la côte. Les jardiniers étaient extrêmement courtois et ne semblaient avoir la moindre idée que c'était à un étranger qu'ils avaient affaire. La seule chose qui les surprit fut le fait que leurs pépinières ne contenaient pas les fleurs que je souhaitais. Ils s'enquérirent des noms de ces plantes et je leur répondis que j'en cherchais de nouvelles, qu'on ne trouvait pas dans les jardins de Soo-chow, Hang-chow et autres lieux proches du littoral. « Ah, dirent-ils, vous ne pouvez pas espérer trouver à Nanche quelque chose qui ne soit pas à Soo-chow. »

À quatre-vingts lis de Nan-che, j'arrivai à un petit village nommé Long-yeou, également situé sur la rive du fleuve. On y voyait trois jolies pagodes, construites aux trois endroits les plus pittoresques. Des camphriers de haute taille y abondent. C'était l'époque des moissons d'été et les paysans étaient affairés à couper et battre leurs récoltes de blé et d'orge. Ils cultivaient beaucoup le chanvre pour la fabrication des cordes et d'autres articles très demandés par les bateliers. Je remarquai aussi dans les champs de grandes quantités de sarrasin, de maïs indien, de millet et de soja. Je découvris en outre une variété de *Berberis*, apparemment l'une de nos variétés anglaises, très couramment cultivée, mais pour quel usage, je ne le sus jamais, sans doute un usage médical à moins qu'il ne fût destiné à la teinture.

Le 1er juin, au point du jour, nous aperçûmes deux pagodes, indiquant comme de coutume la proximité d'une grande ville. Chu-chu-foo ne se trouvait en effet qu'à trois ou quatre milles. Plus nous approchions, plus nous voyions d'orangeraies, de même que des plantations de thé, dont la qualité n'est cependant pas considérée comme supérieure. L'arachide (*Arachis hypogoea*) et le soja abondaient, luxuriants dans leur sol léger et sablonneux. Au milieu de la plaine se dressent quelques petites collines. Le sol de ces collines ou ces buttes est généralement aride et d'un rouge de brique, la couleur du grès calcaire de la région. Les Chinois ne font guère d'efforts pour les cultiver.

Chu-chu-foo comportait un joli pont flottant que nous empruntâmes. Il était déplacé quand les fortes pluies menaçaient de faire enfler la rivière. Bien que ce soit une ville de seconde catégorie, elle n'est pas très importante, du moins d'un point de vue commercial. Peu étendue, elle a une muraille qui ne mesure guère plus de deux milles de circonférence, et de nombreux espaces sont dénués de toute construction. D'un point de vue politique, elle se situe au-dessus de Nan-che, mais elle est loin d'être aussi importante. Nous y passâmes quelques heures, le temps de nous ravitailler, puis reprîmes notre voyage.

Le soir, nous nous arrêtâmes avec quelques autres bateaux de passage comme le nôtre près d'un petit village où nous nous proposions de passer la nuit. Le jour avait été très chaud, et, après le soleil couché, les moustiques étaient devenus insupportables. La nuit précédente, ni mon domestique ni moi n'avions pu fermer les yeux, et j'entendais avec horreur cette peste des pays chauds bourdonner autour de nous ; je prévoyais encore une nuit blanche. Mais nos bateliers, qui entendaient nos plaintes, demandèrent à Sing-Hoo pourquoi il n'allait pas à terre acheter du tabac des moustiques que l'on pouvait se procurer au village voisin, et qui aurait la vertu de chasser ces abominables insectes. Je le dépêchai aussitôt pour nous acheter quelques échantillons de cette merveilleuse denrée. Quelques minutes après, il me revenait avec quatre longues baguettes assez semblables à celles que l'on brûle devant les idoles. Elles ne lui avaient coûté que deux sapèques la pièce (un centime), ce qui était à coup sûr bien bon marché si elles devaient avoir l'effet qu'on nous en promettait.

Deux de ces baguettes cependant avaient à peine brûlé depuis cinq minutes, que tous les moustiques avaient disparu du bateau. Je laisse à penser si nous étions enchantés, si nous étions ravis le lendemain matin après une nuit de bon sommeil. Les Chinois emploient diverses substances pour se débarrasser de ces hôtes importuns. Les baguettes qui venaient de nous réussir si bien se composaient de sciure de bois résineux mêlée à une matière combustible qui les faisait brûler comme de l'amadou. Ce mélange s'applique sur un mince éclat de bambou, long de trois à quatre pieds, et le recouvre comme de la cire recouvre la mèche dans une bougie, sauf un bout de bois qu'on laisse à l'une des extrémités pour le planter dans un trou, sur un clou, et qui s'éteint de lui-même lorsque l'allumette est consumée. Les moustiques semblent avoir une horreur profonde de ces substances, et vous pouvez être certain que là où elles brûlent, ils ne viendront jamais vous tourmenter. On pense bien qu'après cette expérience, j'eus soin d'avoir toujours une provision de ces précieuses baguettes, et je dois ajouter que je m'en suis toujours très bien trouvé. Celui qui inventa ce merveilleux tabac mériterait d'être honoré comme l'un des bienfaiteurs de l'humanité ; il aurait dû, dans son temps, recevoir tout au moins le bouton bleu et la pomme du paon ; mais je pense que, comme beaucoup d'autres inventions chinoises, celle-là est trop ancienne pour que l'on puisse remonter aujourd'hui jusqu'à son auteur.

À présent, nous approchions visiblement de la vallée de Nan-che et de l'une des sources du Fleuve Vert. On me désigna la colline dont la ville de Chang-shan tire son nom, et bientôt nous aperçûmes les mâts des bateaux et la ville elle-même. Grâce à un bon vent, nous remontâmes vivement le courant et fûmes vite solidement amarrés parmi un grand nombre d'autres embarcations à peu de distance de la ville.

Le fleuve n'était plus navigable, aussi devais-je continuer ma route sur la terre ferme. Je décidai donc de passer la nuit à Chang-shan afin d'organiser ce changement de moyen de locomotion.

8

Chang-shan. — Voyage par terre. — Description de la route. — Porteurs de thé. — Une auberge chinoise. — Un dîner à l'auberge. — Deux Cantonais. — Yuk-shan. — Quan-sin-foo. — Spéculations de mon domestique. — Un test d'honorabilité. — Arrivée à Hokow.

Chang-shan est une ville de troisième classe située, dit-on, à cent quarante lis de Chu-chu-foo. J'estime sa population à une trentaine de mille âmes. Comparée à Hang-chow-foo ou à Ning-po, elle n'a qu'une médiocre apparence mais comme elle est située sur la principale route qui conduit des villes de la côte au pays du thé noir, aux grandes villes de Yuk-shan, de Quan-sin-foo, de Hokow, au lac Poyang et même à Canton, c'est cependant une place importante. Lieu d'entrepôt, elle est pleine de « hongs », d'auberges, de restaurants, de magasins destinés au service des voyageurs, de coolies, de marchandises, lesquelles se composent surtout de thés noirs du Fokien et de Moning.

Le lendemain de notre arrivée, et après avoir dit adieu à mes compagnons de voyage, nous nous rendîmes à pied à l'une des auberges de la ville pour y louer des chaises. Personne ne fit attention à nous pendant cette course, et j'avoue que, comme je tenais fort à faire de l'effet, j'étais très content de l'indifférence que j'inspirais au public. Le maître de l'auberge nous reçut très poliment, nous fit asseoir et nous offrit du thé. En réponse à la demande que je lui adressai de nous fournir des chaises à porteurs, il me répondit que toutes celles qui lui restaient étaient découvertes, et il m'en montra un certain nombre dans le vestibule de sa maison. C'étaient exactement les mêmes que celles qui m'avaient si souvent servi pour mes courses dans les montagnes des environs de Ning-po : deux longs bambous traversés dans le milieu par des cordes qui portent les unes un petit banc pour s'asseoir, et les autres une planchette pour poser les pieds.

On jeta la couverture sur laquelle je dormais sur le siège, et mon équipage rudimentaire fut prêt à partir.

Après le déjeuner, nos porteurs arrivèrent, et nous nous mîmes en route. Bon nombre d'autres voyageurs allaient ou revenaient par le chemin que nous suivions. Les uns n'étaient pas en plus brillant équipage que le mien, les autres avaient au-dessus de leur siège une carapace de papier huilé qui les protégeait du soleil et de la pluie. Je m'aperçus un peu tard que j'aurais mieux fait de me procurer un véhicule de ce genre ; mais cependant, comme c'était un regret inutile, je fis contre mauvaise fortune bon cœur, et, armé d'un parapluie chinois, je me laissai aller en me disant, pour me consoler, que du moins je voyais mieux le pays dans mon modeste équipage que si j'avais été porté sur une chaise plus confortable peut-être, mais plus fermée.

J'avais traversé les rues encombrées de Changshan et me trouvais déjà en pleine campagne. Il avait beaucoup plu pendant la nuit mais, la matinée étant belle, les dernières averses n'avaient fait qu'accroître la beauté naturelle du paysage. L'atmosphère était empreinte d'une fraîcheur des plus agréables. L'herbe des coteaux et le jeune riz dans les vallées étaient d'un vert très vif. Chaque arbuste et chaque arbre était chargé de lourdes gouttes de pluie qui scintillaient au soleil. Le spectacle tout entier était des plus superbes et, avec la fraîcheur de l'air matinal, me mit dans la plus agréable des dispositions.

La route que nous suivions était l'une des meilleures et des plus larges que j'eusse encore vues en Chine. Elle était pavée en granit sur une largeur de douze pieds, où l'on ne voyait pas le moindre brin d'herbe ; ce qui témoignait, s'il avait fallu en trouver une preuve, qu'elle était extraordinairement fréquentée. Pendant les premiers milles, cependant, il n'y avait pas foule, et je commençais à croire que j'allais passer une journée aussi tranquillement que si j'avais eu à suivre quelque chemin de nos campagnes ; mais je fus bientôt détrompé en me trouvant au milieu de longues files de coolies chargés de thé destiné à Hang-chow-foo et ensuite à Shanghai. De plus, comme nos porteurs marchaient très vite, nous dépassions un grand nombre de gens qui cheminaient dans le même sens que nous. Ils venaient de se débarrasser de leurs thés à Chang-shan ; mais ils ne retournaient pas les mains vides : ils portaient des balles de coton brut ou de tissus, du plomb et autres marchandises importées par les étrangers ou produites dans les provinces du littoral. Presque à chaque li, nous trouvions des auberges, des établissements où l'on pouvait prendre du thé. Sur le devant de ces maisons la route est le plus ordinairement couverte, afin que ceux qui s'y arrêtent soient à l'abri du soleil et de la pluie.

Quand nous eûmes effectué une trentaine de lis, mes porteurs déclarèrent qu'ils devaient prendre un peu de repos et se désaltérer. J'acceptai volontiers cette proposition, car j'avais moi-même un peu soif, et les priai de me déposer devant la prochaine maison, ce qu'ils firent. Nous entrâmes et je pris place à une table, tandis que mes porteurs et domestiques s'installèrent à une autre. La maîtresse des lieux posa une tasse devant chacun de nous, dans laquelle elle plaça du thé, qu'elle couvrit d'eau bouillante. Inutile de préciser qu'elle ne nous proposa ni sucre ni lait. Toutes les autres tables étaient occupées, la plupart des clients étaient des coolies transportant du thé vers Chang-shan, et dont les caisses bloquaient le chemin, devant la maison. Nous bûmes notre thé, qui me parut très rafraîchissant à l'état pur, sans sucre ni lait. De temps à autre, un employé de la maison passait de table en table et remplissait nos tasses d'eau bouillante. Cela se renouvelait en général deux ou trois fois, jusqu'à ce que les feuilles de thé eussent perdu leur parfum.

Nous fumâmes notre pipe et réglâmes nos consommations, puis je regagnai ma chaise à porteurs pour continuer notre chemin. La route passait à présent entre deux collines. Une vaste porte de pierre et un poste frontalier m'avertirent que j'étais sur le point d'arriver dans la région de Kiang-see. Une épaisse muraille reliait les deux collines, et n'était pas sans rappeler les remparts d'une ville. La porte se trouvait bien sûr au centre. Le tout donnait une impression d'état de guerre, et de chaque côté de la frontière on avait installé une garnison, afin que chaque province fût bien gardée et représentée. Ces garnisons étaient délabrées, et je remarquai beaucoup de femmes et d'enfants aux alentours des maisons. En temps de paix, les soldats ont sans doute la permission de troquer leur épée contre le soc d'une charrue et de participer aux travaux de la terre.

Bien que la route fût jalonnée de nombreux villages

et maisons de rafraîchissements, nous ne traversions aucune ville, même de taille moyenne. Vers la mi-journée, toutefois, nous arrivâmes dans la bourgade la plus étendue que nous eussions traversée jusqu'ici, et dont j'ai oublié le nom. Avant toute chose, je fus déposé à la porte d'une grande auberge, où étaient garées bon nombre de chaises à porteurs, appartenant à des voyageurs qui allaient, soit dans la même direction que moi, soit s'en revenaient de l'ouest vers Chang-shan et les autres villes orientales.

À peine étais-je sur mes pieds, que le maître de la maison se présenta et fut aussitôt informé de la manière la plus civile par mes porteurs que je venais dîner chez lui. Cela me contrariait fort, car j'avais donné l'ordre formel à Sing-Hoo de ne jamais nous laisser descendre à des auberges où nous serions exposés à rencontrer des gens de Canton ou de Shanghai, qui auraient pu découvrir ma qualité, et je ne savais pas où l'on venait de me faire descendre. Mon domestique, en effet, était resté en arrière ; il n'y pouvait rien. Quant aux porteurs, ils avaient de très bonnes raisons pour me mener là plutôt qu'ailleurs : ils devaient y dîner gratis, ou plutôt leur écot devait être payé par le nouvel hôte qu'ils amenaient.

C'était une maison vaste et communale, complètement ouverte sur la rue pendant le jour et fermée le soir par des volets mobiles. Le rez-de-chaussée se divisait en trois parties principales : la première faisait face à la rue, la seconde se trouvait derrière celle-ci, et la troisième donnait sur une cour intérieure. Plusieurs petites chambres à coucher ouvraient latéralement sur chacune de ces trois divisions.

Des coolies, des porteurs de chaises remplissaient la grande salle qui donnait sur la rue : ils y mangeaient et fumaient leurs pipes. La seconde et la troisième salle étaient destinées aux voyageurs ; mais comme elles n'étaient séparées de la première que par de vastes portes qui restaient toutes grandes ouvertes, il était facile de voir, depuis la rue même, jusqu'au fond de l'édifice.

Je suivis mon hôte dans la seconde salle, à chaque extrémité de laquelle se trouvait une table. L'une des deux étant libre, j'allai m'y asseoir, et, après avoir allumé une pipe en attendant le dîner, je pus promener mes regards à loisir sur la scène étrange qui se développait autour de moi. À l'autre table étaient assis deux marchands qu'à première vue je reconnus pour être des gens de Canton. Il était évident qu'ils suivaient tous mes mouvements avec une grande curiosité, et que, dès mon entrée dans la salle, ils s'étaient doutés que j'étais étranger. J'avais souvent vu l'un des deux à Shanghai. Il me regardait comme s'il cherchait à me reconnaître et presque à renouer avec moi ; mais je lui répondais par des regards aussi assurés et aussi indifférents que si je n'eusse jamais su qui il était. En même temps il chuchotait avec son camarade, et je crus même lui entendre prononcer le mot « fankwei » nom sous lequel on désigne les Européens à Canton. Sing-Hoo cependant était arrivé, et il s'occupait de mon dîner, qui fut bientôt prêt. De son côté, l'hôte, qui était une espèce d'homme fort civil, mais aussi très curieux, m'adressait une foule de questions, en servant mon dîner, avec la politesse chinoise. Il me demandait quel était mon nom, mon âge, d'où je venais, où j'allais ; mais à toutes ces questions il n'était pas difficile de répondre sans me compromettre et en lui fermant chaque fois la bouche : je venais de Chang-shan, j'allais au Fokien, etc. ; toutes choses qui étaient vraies, mais qui n'apprenaient rien à sa curiosité. Quant aux gens de Canton, ils étaient tout yeux et tout oreilles ; ils soufflaient à l'hôte le texte de nouvelles questions à m'adresser. Ces messieurs souhaitaient connaître le point de départ de mon voyage et l'endroit précis du Fokien où je me rendais, ainsi que mes intentions. Je ne voyais pas en quoi les réponses à ces questions les concernaient, ou pouvaient leur être d'une quelconque utilité. Je jugeais donc préférable de les laisser dans l'ignorance.

J'étais enfin servi, l'hôte venait de me verser une tasse de vin. J'en pris une gorgée, et, m'armant de mes bâtonnets, je procédai à mon dîner. Rompu à l'usage de ces instruments, je savais m'en servir presque aussi bien que les Chinois eux-mêmes, et, comme je connaissais par expérience l'étiquette de leurs repas, j'allais avec confiance. Lors de mon voyage précédent vers l'intérieur du pays, j'avais abandonné toutes mes habitudes et mon confort européens. Les baguettes avaient remplacé couteaux et fourchettes, le thé et les vins légers avaient supplanté les boissons plus fortes et je fumais une longue pipe chinoise en bambou au lieu de cigarillos de Manille. Grâce à cela, j'étais arrivé à un degré très élevé de civilisation et de politesse. Pendant le dîner, je ne songeais jamais à des objets aussi grossiers que des couteaux ou des fourchettes. Viandes et légumes étaient découpés en morceaux par les domestiques, à la cuisine, avant que la nourriture fût cuite et servie. Quand les différents plats ainsi préparés étaient apportés à ma table, les baguettes, ces instruments antiques et utiles, répondaient à tous les besoins. Parlez-moi de couteaux et de fourchettes ! On ne peut s'en servir pour manger du riz, et comme il serait difficile d'aller trouver tous ces petits morceaux de viande et de légumes à l'aide d'une fourchette dans les différents plats ! Dans un premier temps, la pression exercée par la fourchette les enfoncerait au fond du plat, et nous en serions de toute façon réduits à faire le novice lorsqu'il manipule des baguettes : nous ferions tomber la nourriture avant qu'elle n'atteigne notre bouche. Un usage approprié des baguettes évite ce genre d'inconvénients.

Le plus petit morceau, même un grain de riz, peut être saisi entre les baguettes très aisément. En vérité, ce sont des objets utiles et raisonnables, même si certains prétendent le contraire, et je ne connais nul instrument en usage dans nos pays qui puisse les remplacer. Mis à part les doigts, ces inventions de la nature, rien n'est aussi commode que les baguettes.

Quand j'eus fini, on m'apporta un bol de bois plein d'eau chaude et une serviette humide pour me laver la figure et les mains, ce que je fis comme un véritable Chinois, puis je me rassis, attendant le thé. Cependant les Cantonais restaient toujours à l'autre table ; mais ils étaient seuls : les gens qu'ils avaient appelés pendant mon dîner pour leur communiquer leurs soupçons s'en étaient tous allés en voyant que je buvais, mangeais, et me conduisais comme tout le monde.

Le temps marchait cependant, et le dîner de mes porteurs était fini ; ils m'avaient fait dire par Sing-Hoo qu'ils étaient prêts à partir ; en conséquence, faisant un salut léger à l'hôte et un plus léger encore, mais dans le meilleur style de la Chine, aux Cantonais, je remontai dans ma chaise et repris ma route. À peine avais-je quitté la maison que Sing-Hoo, qui était chargé de payer la carte, fut accablé de questions à mon sujet ; au moins c'est ce qu'il vint me raconter, en se vantant d'avoir mystifié les curieux.

La route était couverte de coolies chargés : on pouvait dire qu'ils ne formaient qu'une armée, depuis Chang-shan jusqu'à Yuk-shan, la ville où nous comptions passer la nuit. Au fur et à mesure que nous avancions, nous avions une vue plus large du paysage. Nous avions dépassé la ligne qui sépare les cours d'eau coulant vers l'ouest de ceux coulant vers l'est. Le pays semblait s'ouvrir et nous approchions sans nul doute d'un fleuve de taille considérable. Enfin, une colline richement boisée fut en vue et l'on m'apprit qu'elle avait donné son nom à la ville de Yuk-shan, située non loin de là. Nous l'atteignîmes aux environs de quatre heures de l'après-midi, après avoir parcouru une trentaine de milles depuis l'aube.

Yuk-shan doit contenir trente ou quarante mille habitants ; c'est une ville plus grande que Chang-shan et située pareillement sur un cours d'eau au point où il commence à être navigable. Toutes les marchandises qui, venant des montagnes Bohea ou des pays à l'est du lac Poyang, sont acheminées sur Hang-chow-foo et sur la côte, sont débarquées à Yuk-shan pour être transportées à dos d'homme jusqu'à Chang-shan, où elles reprennent la voie fluviale. Je n'avais aucune raison pour faire séjour dans cette ville ; aussi mon premier soin, dès que mes porteurs m'eurent déposé à l'auberge, fut-il d'envoyer mon domestique avec ordre de louer un bateau, et, une demi-heure après, poussés par un vent favorable, nous descendions le cours rapide du fleuve en route pour Quan-sin-foo, où nous arrivâmes de bonne heure le lendemain matin. C'est une ville de grande et belle apparence, mais peu commerçante, où je ne restais que le temps de louer un autre bateau et faire des provisions. Sing-Hoo resta longtemps absent. À son retour, il expliqua son retard en racontant qu'il avait rendu visite à un ami et compatriote afin d'obtenir des renseignements sur notre itinéraire. Je dus me contenter de cette explication, et j'eus peu après la surprise de voir arriver une autre personne à bord du bateau, portant deux gros paquets de jute. Ils pesaient au moins quarante livres. « À qui appartient cette étoffe ? demandai-je. — Oh, à moi, répondit Sing-Hoo. Elle est très bon marché ici, et je veux en rapporter à l'un de mes amis de Shanghai. » Cela était très agaçant : le voilà qui se mettait à accumuler de nouveau. Je savais que nous avions encore un long chemin à parcourir, au milieu de montagnes escarpées et accidentées, où les bagages devraient être transportés sur le dos des coolies. J'avais moi-même réduit mes bagages au strict minimum et obligé Sing-Hoo à laisser tous ses effets superflus à Yen-chow-foo. À présent, il arrivait avec le plus gros paquet de tous, et s'attendait à me voir engager des coolies pour lui faire traverser deux fois les montagnes, tout cela parce que le jute était un peu moins cher à Quan-sin-foo qu'à Shanghai ou Ning-po ! Je crois sincèrement qu'un tel projet ne pouvait germer que dans la tête d'un Chinois.

Je tentai de lui faire comprendre la folie et l'importunité d'une telle entreprise, mais son argument fut assez plausible. « Voyez-vous, dit-il, il nous faudra un coolie pour porter nos bagages, mais nous les avons tant réduits qu'ils ne représenteront qu'une demi-charge. Cette toile ne provoquera aucun frais supplémentaire, et la charge de cet homme sera équilibrée. De plus, ajouta-t-il gravement, dans mon pays, les voyageurs qui ont une bonne quantité de bagages inspirent toujours plus de respect que ceux qui en ont peu. »

Durant cette conversation, nous voguions rapidement portés par le courant vers Hokow, une grande ville située à environ quatre-vingt-dix ou cent lis de la ville de Quan-sin-foo. La vallée dans laquelle coule le fleuve compte de nombreuses petites collines, et on voyait des montagnes se dessiner au loin dans toute leur majesté. Je remarquai de nombreux rochers aux formes curieuses, telles de petites buttes, mais sans la moindre trace de végétation. Ils se dressaient au milieu de la plaine comme des monuments grossiers, et paraissaient des plus étranges.

Dans l'après-midi du jour où nous avions quitté Quan-sin-foo, nous atteignîmes la ville de Hokow.

Je m'étais alors avancé dans cette direction autant qu'il était nécessaire à mes projets ; il fallait maintenant aller chercher dans le Sud une des passes des montagnes Bohea avant de pouvoir gagner Woo-e-shan, et toute cette partie du voyage devait se faire en chaise.

9

Hokow. — La chaise de montagne. — Une route escarpée. — Mendiants. — Splendeurs du paysage. — Le moine et sa cloche. — Yuen-shan. — Aspects de la route. — Différentes manières de transporter le thé. — Première nuit dans une auberge chinoise. — Réception. — État des lits. — J'en prends mon parti, et descends dîner.

Hokow est l'une des villes les plus importantes de l'intérieur de la Chine. Elle est située par 29° 54' de latitude nord et 116° 18' à l'est du méridien de Greenwich, sur la rive gauche de la rivière Kin-keang, que j'avais descendue pour y arriver. À en juger par son étendue et en la comparant aux autres villes que je connaissais, elle me parut contenir environ trois cent mille habitants. C'est le grand entrepôt des thés noirs. Les marchands de toutes les parties de la Chine y viennent, soit pour acheter des thés, soit pour convoyer eux-mêmes les thés qu'ils ont achetés.

Dans toutes les rues, et principalement sur le bord du fleuve, on voit de grands hôtels, des restaurants, des magasins. Hokow est aux villes plus intérieures ce que Soo-chow et Shanghai sont aux villes de la côte.

Aussitôt arrivé, je fis marché pour une chaise et des porteurs qui devaient me faire franchir les montagnes

Bohea et me mener jusqu'à la ville de Tsong-gan-hien, près de Woo-e-shan. Lorsque j'arrêtai mes conditions avec mon aubergiste, il m'annonça que la distance entre Hokow et Woo-e-shan étant de trois cent vingt lis, et la route que j'avais à suivre passant par les montagnes, il me faudrait au moins quatre jours pour faire ce voyage. Comme j'avais souvent consulté ma carte, et que je croyais y avoir mesuré les distances avec exactitude, je fus d'abord surpris ; mais en y réfléchissant je dus reconnaître que mon homme avait certainement raison. En calculant mes distances sur le papier plat, je n'avais pas tenu compte de toutes les montagnes que j'avais à monter et à descendre, et dont les pentes rendaient le chemin beaucoup plus difficile et surtout beaucoup plus long qu'il ne me paraissait être sur la carte.

Ce n'est pas une plaisanterie de traverser ces montagnes ; aussi avant de partir j'eus soin de choisir une chaise aussi solide qu'il fût possible d'en trouver. D'ailleurs les chaises qui sont destinées à ces voyages sont construites autrement que celles dont on se sert dans les villes ou dans le pays plat du littoral. La chaise employée ordinairement pour faire des courses dans les montagnes ne se compose guère que de deux vigoureuses branches de bambou traversées par une planchette sur laquelle on s'assoit, et c'est très suffisant pour une promenade de quelques heures ; mais quand il s'agit d'un voyage de trois ou quatre cents lis, c'est tout autre chose. La chaise avec laquelle on passe les montagnes Bohea est construite avec beaucoup plus d'égards pour le bien-être du voyageur. Au-dessus du siège où il est assis, elle porte un petit dôme de papier huilé ou de toile vernie. Le siège lui-même a un dossier avec lequel il forme un angle de quarante-cinq degrés, ce qui permet au voyageur de s'étendre et de dormir. Garni d'une couverture ouatée, comme celles qui servent de lits, c'est un équipage tout à fait confortable.

Après avoir réglé mes affaires, je repris place dans ma chaise à porteurs, et nous quittâmes Hokow, traversant la vallée en direction du sud. Une petite rivière, qui descend du versant nord des montagnes de Bohea pour se jeter dans le Kin-keang près de Hokow, vient serpenter au cœur de cette vallée et nous la traversâmes en plusieurs endroits.

En quittant la vallée de Hokow, nous pénétrâmes peu à peu dans un paysage vallonné, et notre chemin nous mena à monter çà et là des cols très escarpés. Au cours de l'une de ces ascensions, ma chaise à porteurs fut assiégée par une horde de mendiants, les plus insistants que j'aie jamais rencontrés. Un autre voyageur, qui avait quelques mètres d'avance sur moi, fut encerclé pendant un certain temps. Je l'entendais protester qu'il n'avait pas de monnaie dans ses poches, et les exhorter à partir, mais cela sembla les rendre encore plus importuns. J'ignore s'il finit par leur donner quelque chose, mais ils le laissèrent et vinrent vers moi. Je n'avais pas une seule pièce en poche et, Sing-Hoo se trouvant loin derrière moi, je ne savais que faire. Je fermai donc les yeux feignant le plus profond sommeil. Lorsqu'ils me tendirent leurs paniers pour me demander l'aumône, j'étais bien sûr profondément endormi. « Loi-ya, loi-ya[1] » me crièrent-ils dans les oreilles, faisant de leur mieux pour me réveiller. Voyant que la parole était inefficace, ils se mirent à frapper les côtés de la chaise de leurs mains, et enfin saisirent mes vêtements. J'ai une sainte horreur d'être touché par un mendiant chinois, car ils sont en général d'une saleté au-delà de toute description. Je sursautai donc, manquant

1. Terme s'appliquant à un mandarin ou un officier du gouvernement.

tomber de la chaise, ce qui agaça mes porteurs, qui obligèrent aussitôt les mendiants à arrêter et à s'en aller. En arrivant au sommet du col, je demandai à mes porteurs de me poser et de reprendre leur souffle. Juste au sommet se trouvait une jolie petite maison, ou un relais de voyageurs. On y jouissait d'une excellente vue sur le paysage.

À mes pieds, dans la vallée, s'étendait une petite ville nommée Yuen-shan. À première vue, elle semble encerclée de collines, ce qui n'est pas le cas, car le cours d'eau mentionné plus haut la traverse et serpente autour des montagnes en allant vers Hokow.

En descendant vers Yuen-shan, je rencontrai de nouveau des mendiants. Je m'étais procuré quelques pièces de monnaie, et je me débarrassai d'eux rapidement. Beaucoup d'entre eux étaient paralysés ou aveugles, mais ils trouvaient tous le moyen d'approcher de ma chaise.

Nous atteignîmes une arcade érigée au-dessus de la route près du pied de la colline. Tandis que je franchissais cette arcade, un vieil homme, un moine, sortit et sonna trois fois la cloche. J'ignore si c'était en mon honneur, ou pour solliciter des dieux ma sécurité et mon succès, mais il était évident que le vieil homme s'attendait à voir sa peine récompensée. Sing-Hoo, qui prétendait être un bon bouddhiste, lui tendit quelques pièces et nous passâmes sous l'arcade.

Nous entrâmes dans la ville de Yuen-shan, située à environ soixante lis de Hokow, sur les rives du cours qui descend des montagnes. Ce paraissait être un lieu florissant, bien que de taille réduite. Il se situe sur le chemin du thé noir du Fokien, et presque tous les thés qui en proviennent à dos de coolies sont embarqués dans des petits bateaux et acheminés vers Hokow. Comme il existait une liaison fluviale entre ces deux villes, je ne rencontrai guère de circulation sur la route. Toutefois, je pénétrai à présent dans une rue peuplée et bruyante, comme celle qui existe entre les sources des deux rivières décrites dans le chapitre précédent.

Il était midi quand nous entrâmes dans Yuen-shan. Je me rendis donc dans une auberge et pris un rafraîchissement, tandis que les coolies se sustentaient. Quand nous reprîmes notre chemin, nous trouvâmes de nombreux voyageurs sur la route, allant et revenant du pays du thé dans des chaises à porteurs. Ils semblaient tous plongés dans le plus profond sommeil. C'est là une pratique courante parmi les voyageurs de montagne, car leurs chaises sont conçues de façon à leur permettre de dormir confortablement.

Les coolies étaient maintenant très nombreux, tous chargés de thé, mais la moitié peut-être ne portaient qu'une seule caisse. C'est ainsi que voyagent les thés fins ; on ne les laisse jamais toucher terre pendant la route ; aussi arrivent-ils toujours en beaucoup meilleure condition que les autres. Voici comment on les transporte. Deux bambous d'environ six pieds de long chacun sont solidement attachés par une de leurs extrémités à une caisse, un de chaque côté. Par l'autre bout, ils sont réunis de telle sorte que le tout forme un triangle qui a pour base la longueur de la caisse. En passant la tête entre les bambous, au centre du triangle, le porteur se trouve naturellement avoir la caisse sur les épaules, garnies d'ailleurs d'une espèce de selle pour asseoir plus doucement son fardeau. Quand il veut reprendre haleine, il appuie les extrémités contiguës des bambous, le sommet du triangle par terre, la caisse en haut, rangée contre un mur, ou soutenue par les mains, en maintenant tout le système dans la perpendiculaire.

Les thés communs sont transportés comme tous les autres fardeaux en Chine, c'est-à-dire que chaque porteur, ayant un bambou sur l'épaule, porte deux caisses suspendues en équilibre aux deux extrémités de son bambou. Mais aussi, toutes les fois qu'il s'arrête ou pour se reposer ou pour entrer dans une auberge, les caisses sont nécessairement déposées par terre ; elles se salissent ou s'avarient, et, par la suite, arrivent à leur destination en moins bon état que les autres.

Nous étions dans un pays de montagne. Tantôt la route descendait dans une belle vallée, tantôt elle escaladait une pente rapide, tantôt encore elle serpentait sur les flancs d'une montagne trop élevée pour qu'on pût songer à la franchir en suivant la ligne droite. Sur tous les sommets où nous arrivions, nous nous arrêtions toujours pour voir le pays autour de nous, pour reconnaître la vallée d'où nous sortions et celle où nous allions nous engager. Les longues lignes de chaises et de coolies chargés de thé animaient le paysage ; c'était un curieux spectacle de les voir, comme une fourmilière, gravir la montagne ou descendre dans la vallée.

Après avoir quitté la ville de Yuen-shan, nous arrivâmes dans une vaste région de culture du thé. Toutes les collines fertiles étaient parsemées à leurs pieds d'arbustes à thé. Parfois, il poussait sur des surfaces planes, mais il était ici toujours sec, car il était placé sur un site où l'eau s'évacuait très facilement et bien plus haut que des rizières. Le sol de ces plantations était constitué d'un terreau de couleur rouge, largement mélangé à du gravier et du sable. De nombreuses exploitations théières n'avaient été que récemment construites. Dans la région, la culture de ces arbustes était de toute évidence en pleine expansion. Le thé produit et traité ici pouvait bien sûr être expédié vers les grands marchés d'exportation de Shanghai ou Canton bien plus vite et à moindre coût que ceux originaires du versant sud des montagnes de Bohea.

Nous étions presque arrivés au terme de notre première journée de voyage depuis Hokow. Il se faisait tard et nous avions l'intention de passer la nuit à Chu-chu, une petite ville située au pied des montagnes de Bohea à proprement parler. Au cours de mes voyages en Chine, je n'avais jamais dormi dans une auberge chinoise, aussi je ne pouvais m'empêcher d'émettre diverses hypothèses à leur propos. J'appelai Sing-Hoo, car je voulais qu'il parte en avant avec le coolie et les bagages pour trouver un endroit respectable où nous pourrions passer la nuit.

La ville de Chu-chu est construite sur les deux berges d'une rivière de montagne. C'est un endroit petit et pauvre qui vit des voyageurs et des coolies qui le traversent, et du commerce du thé cultivé et traité dans les environs.

Mes porteurs suivirent Sing-Hoo dans la rue principale jusqu'à un certain point. En chemin, il s'était renseigné à plusieurs reprises. Enfin, il entra dans l'une des innombrables auberges de la ville. Il inspecta rapidement les lieux et constata qu'ils étaient acceptables, puis il revint à la porte pour m'en informer. Je fus reçu par le propriétaire comme il convenait, puis je me dirigeai par l'extérieur vers le salon de réception.

Cette auberge, bien que de taille modeste, était construite selon les mêmes plans que celle décrite plus haut. La partie qui donnait sur la rue était ouverte et entièrement composée de colonnes et de volets. Un chiffon à la main, mon hôte essuya rapidement une table et une chaise et, s'inclinant poliment, me pria de m'asseoir. Ensuite, il plaça devant moi une tasse de thé et m'apporta un bâton d'encens pour allumer ma pipe. Puis il se retira et me laissa à mes méditations.

Je n'avais pas eu le temps d'examiner mes quartiers. Dans la partie avant du bâtiment, un grand nombre de personnes dînaient à des tables placées à l'intention des voyageurs. Je leur avais jeté un vague regard en passant, mais il m'était à présent possible de les observer plus à loisir. Mes porteurs et mon coolie étaient déjà attablés parmi eux, appréciant de toute évidence leur repas après les fatigues de la journée. Sing-Hoo fanfaronnait avec le patron, faisant comme chez lui et commandant mon repas. Peut-être était-ce là une façon d'attirer l'attention du patron sur lui-même plus que sur ses autres clients. Quoi qu'il en soit, mon hôte sembla ne jamais se douter qu'il avait un étranger sous son toit et ne posa aucune question embarrassante.

De chaque côté de la salle se trouvaient un certain nombre de petites cabines, j'ose à peine les qualifier de chambres à coucher. On avait porté mes bagages dans l'une d'elles. Elle mesurait environ douze pieds carrés et comprenait deux lits et une chaise. Je n'avais pas de fenêtre, ni la moindre ouverture laissant passer la lumière, mais la cloison ne montait pas tout à fait jusqu'au toit, de sorte qu'un rai de lumière filtrait au sommet, de même que par la porte quand elle était ouverte. Ajoutez à cela que le sol était inégal et les murs couverts de traces de suif et de saleté, et vous aurez un bon aperçu de l'endroit où je m'apprêtais à passer la nuit.

En d'autres circonstances, ces détails auraient été des plus décourageants, mais je m'attendais à tout cela avant de commencer mes voyages en Chine. Je n'avais jamais espéré voyager dans le luxe. Je savais que ces gens n'étaient guère réputés pour la propreté de leurs habitations, et j'étais donc dans une certaine mesure préparé à tous les inconvénients que je pourrais rencontrer. La seule solution était de m'installer le plus confortablement possible, selon les circonstances.

J'appelai donc Sing-Hoo et le priai de balayer ma chambre avant de déballer mes affaires pour la nuit.

Pendant ce temps, le patron m'annonça que le dîner m'avait été servi sur la table centrale de la salle à manger. La nourriture était simple et conviviale. Il y avait un grand plat de riz et des plus petits contenant du poisson, des œufs et du porc. Du chou et des pousses de bambou constituaient les légumes. Ces dernières me parurent délicieuses, et je continuai d'en commander pendant tout le reste du voyage.

Je fis honneur au riz, aux œufs, au poisson et aux pousses de bambou, et laissai les autres plats à Sing-Hoo, qui sembla les apprécier avec autant de plaisir. Le repas terminé, on nous ôta les plats et on dressa la table pour le thé. Ayant terminé notre journée de labeurs, nous allumâmes nos pipes et la fumée s'éleva en tourbillons vers le plafond de l'auberge.

10

Premier aperçu des monts Bohea. — La passe. — Un pin remarquable. — Source de la rivière Min. — Une route difficile. — Coup de vent dans la montagne. — Une vieille Chinoise. — Sucre et cuillers à thé. — Un bon hôte. — Arrivée à Tsong-gan-hien.

Rien ne vint déranger notre sommeil pendant la nuit, et je dormis aussi paisiblement que si je m'étais trouvé chez moi. Au point du jour, nous déjeunâmes de bonne heure et reprîmes la route. J'allais avoir sous les yeux l'un des spectacles les plus grandioses qu'il m'ait été donné de voir.

Depuis quelque temps déjà nous voyagions comme au milieu d'une mer de montagnes ; mais alors c'étaient les chaînes des monts Bohea qui se développaient à nos regards dans toute leur grandeur, couronnés de nuages au-dessus desquels on voyait leurs cimes élevées. Je ne saurais avoir une idée bien exacte de leur hauteur ; mais en les comparant dans mon esprit avec des montagnes dont l'élévation m'était connue, il me sembla qu'ils ne devaient pas avoir moins de six ou huit mille pieds au-dessus du niveau de la mer. À leurs pieds ils sont cultivés, mais leurs flancs et leurs têtes sont nus et sauvages.

J'ai toujours aimé à contempler un paysage de ce

genre, le matin, de bonne heure. Je ne sais si c'est parce qu'il règne alors une fraîcheur, une espèce de beauté qui se dissipe à mesure que le soleil monte à l'horizon, ou parce que l'esprit est alors plus ouvert aux impressions que pendant le reste de la journée, ou bien encore parce que toutes ces causes se réunissent pour rendre le lever du soleil dans la campagne plus doux et plus charmant ; mais si j'avais choisi le moment où j'aurais voulu voir les monts Bohea, je n'aurais certainement pas pu tomber mieux. La matinée était pure, l'air frais, et le soleil, lançant ses rayons à travers les pics des montagnes, les inondait d'une riche lumière qui contrastait admirablement avec l'obscurité indécise des fonds et des vallées.

Depuis Hokow, la direction générale de notre route était ascendante ; nous étions arrivés au pied de la chaîne centrale, et nous allions nous engager dans la passe qui permet de la franchir. La route qui conduit à ce point suprême a environ six pieds de large, et elle est pavée en granit ; c'est une gorge des plus pittoresques, dominée de chaque côté par de hautes montagnes. À quelque distance avant d'arriver à son sommet elle est si roide que les Chinois même descendent de leurs chaises et mettent pied à terre pour la gravir ; c'est tout dire.

C'est un paysage très fréquenté ; il unit le Fokien au Kiang-see, il sert de grande route à toutes les relations entre le pays qui produit le thé et les provinces du centre ou du nord de l'empire. À chaque détour de la route, qui est très sinueuse, nous rencontrions de longues files de coolies. Ceux qui allaient au nord étaient chargés de caisses de thé ; ceux qui allaient au sud portaient du plomb, des tissus et autres marchandises demandées dans le pays qui produit le thé. Il y avait aussi une foule de voyageurs en chaise ; mais si bonne que fût la route, si nombreux que fussent les coolies, je n'en vis jamais deux aller de front : ils marchaient un par un, et dans le lointain, en les suivant du regard à travers les sinuosités de la montagne, on aurait dit une armée de fourmis en mouvement.

Tous les quarts de mille, parfois moins, se trouve un salon de thé à l'intention des voyageurs qui peinent en montant ou en redescendant la montagne. Nous fîmes de fréquentes haltes dans ces endroits pour nous rafraîchir d'une tasse de cette eau pure de Bohea. Je montai presque tout le chemin à pied, car je souhaitais observer les produits naturels des montagnes. Mes porteurs en étaient ravis, d'autant plus que leurs compatriotes ne les avaient guère habitués à ce genre de pratiques.

Nous avions parcouru une vingtaine de lis au moins (à peu près deux lieues), lorsque nous arrivâmes aux fameuses portes qui séparent le Fokien du Kiang-see ; c'est l'ouvrage de la nature, et l'on serait tenté de croire que c'est de là que les architectes chinois se sont inspirés pour faire les portes de leurs villes. Lorsque nous fûmes engagés sous la voûte, je remarquai une escouade de soldats qui étaient sans doute chargés de faire un service de surveillance, mais qui oublièrent de s'occuper de nous et de nos bagages. Nous les avions à peine dépassés que tout à coup le Kiang-see sembla se fermer derrière nous, et le Fokien se déroula à perte de vue sous nos regards. Jamais encore je n'avais rien vu d'aussi grand, d'aussi imposant. De hautes chaînes de montagnes nous dominaient de part et d'autre, alors que devant moi, aussi loin que puisse porter mon regard, le pays semblait découpé en montagnes et collines de toutes tailles, aux sommets de formes diverses.

J'observais ce paysage, béat d'admiration, quand mon attention fut attirée par un pin solitaire de grande taille, situé à une centaine de pieds de la porte. Il n'y avait aucun autre arbre de cette hauteur à proximité. Il paraissait bien incongru, seul près du col, si haut et d'une symétrie si magnifique. « Que pouvait-ce bien être ? Un nouvel arbre, ou une espèce déjà connue en Angleterre ? » Je dois admettre que pendant quelques secondes je n'eus d'yeux que pour lui. J'avais oublié les chaises à porteurs, les coolies et les montagnes, et je crois que si les gardes célestes avaient voulu m'interdire l'accès du Fokien, la seule faveur que je leur aurais demandée aurait été la permission d'aller observer de nouveau ce pin si noble.

Toutefois, le garde chinois ne manifesta pas la moindre intention de m'empêcher de passer et, l'arbre se trouvant au bord de la route, j'arrivai bientôt à sa hauteur. Je découvris qu'il s'agissait d'un cèdre japonais (*Cryptomeria japonica*), arbre que j'avais déjà introduit en Angleterre, et qui y avait remporté un grand succès, même très jeune. Jamais je n'avais rencontré de plus noble spécimen. Bien que j'eusse préféré qu'il s'agît d'une espèce inconnue, je me sentais fier d'avoir introduit en Europe un arbre si grand, beau et symétrique. Il mesurait au moins cent ou cent vingt pieds, peut-être plus, et était droit comme un mélèze. Ses branches inférieures penchaient vers le sol. Il n'avait pas été élagué, comme les autres arbres chinois, et était de toute évidence préservé avec soin. Mes Chinois le regardèrent avec beaucoup d'admiration, et m'informèrent qu'il s'agissait du seul spécimen de cette espèce dans la région. Il avait été planté par un ancien empereur de passage dans les montagnes.

De temps à autre, je prélevais des plants de toutes ces espèces et les emportais. Bien souvent j'ai cru devoir les abandonner, car les Chinois ne comprenaient pas pourquoi ils étaient chargés de ces plantes qu'ils considéraient comme des mauvaises herbes sans valeur. Je parvins toutefois, avec force persévérance et insistance, et même au moyen de promesses ou de menaces, à les leur faire porter sur plusieurs centaines de milles en toute sécurité. Je les déposai enfin dans le jardin de mon ami M. Beale, à Shanghai. Ils se trouvent à présent en Europe et sont peut-être les premières plantes provenant directement des montagnes de Bohea.

Les ruisseaux qui coulaient des flancs des collines descendaient à présent vers le sud, vers la ville de Tsong-gan-hien, et je me trouvais sans le moindre doute à l'une des innombrables sources du fleuve Min. À trente lis du col, nous arrivâmes dans une ville nommée Ching-hu, où nous avions l'intention de passer la nuit. Nous nous trouvions à environ soixante-dix lis de notre étape précédente, et comme notre parcours de la journée avait été escarpé et accidenté, nous étions assez fatigués et heureux de pouvoir nous reposer.

Ching-hu est une petite ville assise sur les bords du cours d'eau qui, grossissant toujours à mesure qu'il s'approche de la mer, devient le beau fleuve que j'avais vu à Foo-chow-foo. Elle est bâtie dans un ravin que dominent de chaque côté des montagnes élevées. En descendant la grande rue, je remarquai trois Cantonais qui semblaient faire leur promenade du soir en admirant les beautés pittoresques du lieu. C'était un avis de la providence ; et, appelant Sing-Hoo, je lui intimai de prendre ses mesures pour ne pas nous faire descendre à l'auberge où ces gens-là devaient être logés, attendu que je ne me souciais pas d'une nouvelle rencontre avec les habitants des villes où les Européens sont admis.

Il était presque nuit quand nous arrivâmes à notre auberge. C'était un édifice comme ceux que j'ai déjà décrits, aussi ne m'amusai-je pas à l'étudier. Dès que mon souper fut fini, j'allai retrouver mon matelas et je dormis d'un meilleur sommeil que si j'avais été sur un lit de plume. Les fatigues et les émotions de la journée y étaient pour quelque chose.

Le lendemain nous avions à franchir une autre chaîne ; bien que moins élevée que celle de la veille, elle offrait aux regards une série de paysages tout aussi remarquables. Par suite de la différence d'élévation, les flancs des montagnes étaient couverts d'arbres d'une végétation si riche qu'elle me rappelait ce que j'avais vu à Singapour et à Batavia. Nous y traversâmes plusieurs belles forêts de pins à feuilles de lance (*Cunninghamia lanceolata*), les plus belles que j'eusse encore rencontrées en Chine.

La construction de la route sur cette passe est une œuvre de géants. Les flancs de la montagne, au-dessus et au-dessous de la route, sont à pic. Les Chinois ont regardé cette route comme si dangereuse que, même après l'avoir faite, ils l'ont garnie d'un parapet en granit pour empêcher les gens d'avoir le vertige et de tomber. Dans les profondeurs au-dessus desquelles elle chemine, au milieu d'une charmante et pittoresque vallée, coule, à travers les arbres et les rochers, un petit cours d'eau alimenté par les sources de la montagne. En plusieurs endroits, la hauteur perpendiculaire, au-dessus des cascades de cette rivière, était si grande que je ne pouvais la contempler sans me sentir la tête tourner.

Lorsque nous étions au beau milieu de la passe, nous fûmes pris par un coup de vent si violent que je dus faire enlever la capote de ma chaise. Si je n'eusse pas pris cette précaution, j'aurais couru le risque d'être emporté dans l'abîme avec mon équipage : le danger me parut même être si grand que je descendis de ma chaise. Pour un instant nous fûmes obligés de chercher un refuge dans une des maisons qui bordaient la route, et où l'on fournit, en guise de rafraîchissement, du thé aux voyageurs. Cette maison était tenue par une vieille femme très bavarde, de qui les discours ne contribuèrent pas peu à nous faire prendre notre mal en patience. « Haï-Yah, s'écriaient nos porteurs en entrant dans la maison, quel affreux temps ! quel ouragan ! – Bah ! bah ! répondait la bonne dame, ce n'est rien, il ne faut pas appeler cela un ouragan ; on voit bien que vous ne savez pas ce que c'est que le vent dans nos montagnes. Il enlève souvent les toits de nos maisons, et souvent aussi il est impossible de se tenir debout sur la route. Vous n'auriez certainement pas pu porter cette chaise par un jour de grand vent, voilà ce que je vous dis. Ah ! je voudrais que vous vissiez un vrai coup de vent, et vous ne diriez pas qu'il fait du vent aujourd'hui. »

Après avoir bu du thé qu'elle nous servit, Sing-Hoo, s'adressant à l'un des porteurs, demanda ce qu'il fallait payer. L'homme répondit : « Un sapèque (un demi-centime) par tasse ; le thé n'est pas cher dans ce pays. » On compta l'argent et l'on invita la bonne dame à le recevoir. Elle refusa en nous disant que sa maison n'était pas une boutique où l'on servît du thé, et que si jamais elle l'était, ce qui probablement n'arriverait pas de sitôt, on pourrait alors recevoir notre argent. C'était la première fois que je voyais un Chinois refuser de l'argent ; mais la bonne dame n'y perdit rien, car je lui achetai des gâteaux et quelques autres bagatelles qu'elle ne croyait pas au-dessous de sa dignité de vendre, et nous nous séparâmes bons amis.

Le ciel avait été chargé de nuages pendant la matinée : aussi, dès que le vent se fut apaisé, la pluie se mit à tomber par torrents, ce qui nous obligea à coucher dans une auberge de la route, assez loin encore de l'endroit où nous espérions passer la nuit. L'hôte me combla d'attentions. Dès que j'entrai dans la salle commune, il me fit appeler du thé, et à mon grand étonnement, ce thé était sucré, et, avec la tasse, on me servit une cuiller de forme singulière. Mais ce fut seulement à la première tasse qu'il en fut ainsi ; celles qui la suivirent étaient faites à la manière ordinaire, c'est-à-dire avec de l'eau bouillante jetée purement et simplement sans sucre sur des feuilles de thé déposées d'abord au fond de la tasse.

À la question que l'on ne manquait jamais de faire à Sing-Hoo pour lui demander qui était son maître, il répondait toujours invariablement : « Un seigneur d'un pays bien éloigné au-delà de la grande muraille. » Dans les villes cela suffisait ordinairement pour couper court à la conversation ; mais dans le village où nous étions ce jour-là, cette réponse fit sur notre hôte, qui n'était lui-même qu'un simple paysan, un effet extraordinaire. Il était aussi fier que troublé de recevoir un aussi grand personnage que pouvait l'être un seigneur d'au-delà de la grande muraille, et ses attentions pour moi en devinrent fatigantes. Il commença d'abord par me faire force excuses de la médiocrité de la chère dans sa pauvre maison. « Si j'avais daigné le faire prévenir de l'honneur que je voulais lui faire en descendant chez lui, il aurait pris ses précautions en conséquence », etc. Pour ne pas être en reste de politesse avec lui, je ne taris pas de compliments sur sa maison et sa cuisine. Au cours de la soirée, un petit garçon, le fils du propriétaire, vint vers moi et me demanda si je souhaitais fumer de l'opium, car la maison en avait de bonne qualité. Je le remerciai mais déclinai bien sûr son offre. J'appris qu'on trouvait de l'opium dans toutes ces auberges, où il est vendu en petites quantités, comme chez un marchand de tabac londonien. Il est très désagréable de se trouver dans un tel endroit quand la plupart de vos compagnons de route sont des fumeurs d'opium.

Entre neuf et dix heures du soir, je faisais mes préparatifs pour aller me coucher, lorsque Sing-Hoo vint me faire savoir que l'hôte me priait de vouloir bien faire honneur à un souper qu'il avait pris la peine de préparer lui-même. Un souper de ce genre s'appelle un « tein-sin », et je sais maintenant que c'est presque un usage chez les aubergistes chinois d'en offrir de pareils aux hôtes à qui ils veulent témoigner une considération particulière ; mais alors j'ignorais ce que cela voulait dire, et je commençai par dire à Sing-Hoo de m'excuser, attendu que j'avais fort bien dîné et qu'il m'était impossible de rien manger de plus. Là-dessus Sing-Hoo se récria, disant qu'il était contraire à tous les usages de refuser un « tein-sin » ; et moi, croyant qu'il valait toujours mieux se conformer aux habitudes du pays, je le suivis en victime résignée dans la grande salle où le festin était préparé. Vu les circonstances, il était magnifique, et si j'avais eu quelque peu d'appétit, j'aurais pu faire un excellent repas ; mais, pour ce soir-là, c'était au-dessus de mes forces et de ma capacité. L'hôte, cependant, me servait en personne et me pressait instamment de manger. Je fis la meilleure figure que je pus, goûtant de divers plats selon l'inspiration de mon caprice, et, lorsque je crus avoir suffisamment sacrifié à la politesse chinoise, je déposai résolument mes bâtonnets sur le table en annonçant qu'il m'était impossible de rien manger de plus, mais aussi en exprimant toute ma satisfaction de l'excellence de la cuisine et de la bonne grâce avec laquelle le « tein-sin » avait été servi. Je ne devais pas cependant en être quitte à si bon marché, et il fallut entendre encore bien des discours et entamer bon nombre de plats avant de pouvoir me retirer, craignant une indigestion, ou tout au moins un cauchemar, conséquence ordinaire d'un excès de table.

Le lendemain matin j'ouvrais les yeux à peine, que mon hôte entrait dans ma chambre pour m'annoncer que le « tein-sin » était servi. Cette fois je me laissai faire avec beaucoup plus de plaisir que la veille. À ma grande surprise cependant, quelques minutes après que j'avais quitté la table, on vint me prévenir que le déjeuner m'attendait, absolument comme si je n'eusse pas encore mangé. En même temps Sing-Hoo se présenta, demandant ce qu'il fallait donner à notre hôte pour tous les égards avec lesquels il nous avait reçus, et dont il se refusait à fixer le prix. Il va sans dire que je lui fis donner une bonne somme ; mais aussi, comme je soupçonnais quelque peu que Sing-Hoo et les porteurs étaient au fond pour quelque chose dans le « tein-sin », j'ordonnai à mon domestique de prendre garde à m'épargner à l'avenir une réception aussi brillante. J'avais encore une longue course à faire, et il eût été fort embarrassant de me trouver à court d'argent.

Je me trouvais à présent aux environs du Fokien, cette vaste région de thé noir. Je remarquai une grande quantité de plantations de thé, généralement au pied des collines et aussi dans les jardins des villageois. Vers les dix heures du matin, nous arrivâmes à Tsong-gan-hien, grande ville située au centre même du pays qui produit le thé noir, et par 27° 47' 38" de latitude nord, selon les calculs faits jadis par les jésuites. Ses murs, fort délabrés aujourd'hui, ont environ trois milles de circonférence, et renferment peut-être une centaine de milliers d'habitants. Les faubourgs, que je comprends dans cette estimation, sont très grands et très populeux. La ville abonde de grands « tea-hongs », dans lesquels les thés noirs sont triés et empaquetés pour les marchés étrangers. Tous les coolies que j'avais croisés lors de mon voyage dans la montagne venaient se charger ici. Des marchands de thé de toutes les régions de Chine où l'on consomme ou exporte ce produit viennent ici faire leurs achats de thé et organiser son transport. Les Cantonais surtout y sont très nombreux, et j'en reconnus plusieurs dans les rues ; mais, pour des raisons que l'on comprendra de reste, j'eus grand soin de les éviter. D'ailleurs ils se distinguent aisément, par les traits de la figure, des gens du Fokien ou des provinces septentrionales.

Étant arrivé à Tsong-gan-hien de bonne heure, je n'y restai que trois heures. Ce fut suffisant pour me permettre de visiter la ville et d'obtenir des rafraîchissements pour moi-même et mes hommes. Ensuite, je regagnai ma chaise à porteurs et nous prîmes la route de Woo-e-shan, qui ne se trouvait qu'à quarante ou cinquante lis. Dès que nous fûmes éloignés de la ville, la route sembla différente de celle que nous avions empruntée auparavant. Nous avions en fait quitté la grande route du thé, qui prenait fin dans la ville que nous venions de dépasser. Notre route était à présent plus étroite et moins fréquentée. Les chaises à porteurs, les caisses à thé sur le dos des coolies, toute cette troupe bigarrée que nous avions croisée lors de notre voyage dans la montagne avait disparu, et à présent nous voyagions seuls.

11

Woo-e-shan. — Ascension de la colline. — Un temple bouddhiste. — De très étranges rochers. — Mon accueil. — Dîner avec les moines. — Une conversation intéressante. — Clair de lune. — Vin chinois. — Les singes employés à la récolte du thé.

Aussitôt que l'on est sorti des faubourgs de Tsong-gan-hien, on aperçoit au milieu de la plaine les célèbres montagnes de Woo-e-shan. À vrai dire, c'est un pâté de collines dont la plus élevée ne dépasse pas un millier de pieds en hauteur. Elles ont une apparence singulière, leurs flancs étant partout presque perpendiculaires.

Woo-e-shan est considéré par les Chinois comme l'un des lieux les plus curieux et les plus sacrés de l'empire. Un manuscrit cité par M. Ball en fait la description suivante : « De toutes les montagnes du Fokien, celles de Woo-e-shan sont les plus belles, et leurs eaux sont les meilleures du pays. Elles sont hautes et abruptes, entourées d'eau ; on dirait qu'elles ont été taillées par les esprits ; il ne se peut rien voir de plus étonnant. Depuis les dynasties de Csin et de Han jusqu'à aujourd'hui, une longue suite d'ermites et de moines des sectes de Tao-cze et de Fo, trop nombreux pour être comptés, y vivent comme les nuages, comme les brins d'herbe de la montagne. Leur principal renom vient cependant de leurs produits, et parmi ces derniers le thé est le plus célèbre. »

À mi-distance de Tsong-gan-hien et de Woo-e-shan, pendant un certain temps j'observai d'une éminence de terrain l'étrange paysage qui s'étendait devant moi. En gagnant ce lieu je m'étais attendu à découvrir un magnifique point de vue, mais je dois avouer que ce paysage surpassait en beauté tout ce que j'avais bien pu imaginer. Il n'y avait rien qui fût exagéré dans la description qu'en avaient donnée les pères jésuites, non plus que dans les écrits des Chinois, à la réserve de la hauteur des reliefs, lesquels ne sont nullement « d'une altitude effroyable ». Ces sommets sont à vrai dire plus bas que la plupart des collines de la région, et beaucoup plus encore que les massifs montagneux que je venais de franchir. Ceux qui m'accompagnaient me désignèrent le site avec beaucoup d'orgueil. « Regardez ! C'est Woo-e-shan ! Existe-t-il chez vous quelque chose qui puisse égaler cela ? »

La journée était magnifique ; les rayons du soleil faisaient sentir leur puissance, et, pour admirer le spectacle qui s'offrait à mes yeux autant que pour me reposer, je m'étais arrêté à l'ombre d'un grand camphrier qui s'élevait sur le bord du chemin. J'aurais volontiers passé là toute la journée, si mes porteurs, qui touchaient à la fin de leur voyage, ne m'eussent rappelé qu'il était temps de partir.

Arrivés au pied des montagnes, nous demandâmes le chemin du temple. « À quel temple allez-vous ? me répondit-on ; il y a presque un millier de temples à Woo-e-shan ! » Sing-Hoo expliqua que nous ne connaissions pas les noms des temples, mais que nous désirions nous adresser à l'un des plus grands. En conséquence, on nous dit de nous acheminer vers le pied de rocs perpendiculaires. Parvenu à ce point, je m'attendais à découvrir, sur le sommet de la colline, le temple que nous cherchions ; mais rien ne paraissait : je ne voyais qu'un étroit et petit sentier taillé dans le roc, et qui semblait devoir conduire à des lieux presque inaccessibles. Il fallut sortir de ma chaise et escalader le sentier en me traînant souvent sur les genoux et sur les mains. Il arriva plus d'une fois que les coolies s'arrêtèrent, en signifiant qu'ils ne pouvaient pas mener la chaise plus loin. À force d'exhortations cependant, je parvins à les déterminer à marcher.

Il était alors deux heures de l'après-midi, le ciel était d'une pureté admirable, et le soleil dans tout son éclat ; une transpiration abondante me coulait de tous les pores, et je commençais à craindre quelque attaque de fièvre ou de l'une de ces maladies qui ne sont que trop fréquentes dans ce pays malsain. Nous arrivâmes enfin, cependant, au haut de la colline, où nos yeux furent réjouis par l'aspect d'une riche culture qui indiquait le voisinage du temple. Comme je m'assis pour prendre un peu de repos à l'ombre d'un arbre, sous lequel je fus bientôt rejoint par mes gens, dont les figures respiraient alors la satisfaction : ils avaient découvert le temple à travers les bouquets d'arbres, ils savaient qu'ils allaient se reposer et trouver des vivres.

Les moines de Bouddha semblent avoir été, toujours très heureux dans le choix des sites où ils ont élevé leurs temples et leurs habitations. Beaucoup de ces lieux, d'ailleurs, doivent leur charme à la culture et à la beauté des arbres qui les entourent. En Chine, le petit bois qui règne autour d'un temple bouddhiste est toujours entretenu avec soin et respecté ; aussi le voyageur en apercevant des arbres, même à plusieurs milles de distance, peut-il deviner à coup sûr l'existence d'un temple bouddhiste. Sous ce rapport, ces moines ressemblent aux moines des anciens temps, au goût et aux soins de qui l'Europe d'aujourd'hui doit encore la plus grande partie de ses richesses et de ses beautés forestières.

Le temple ou la collection de temples dont nous approchions se trouve sur la pente d'un petit vallon qui règne sur le plateau même de Woo-e-shan, et qui semble avoir été préparé par la nature pour que l'homme y construisît des habitations aussi bien situées sous le rapport de la vue que confortables et saines. Au fond de ce vallon brille à travers les arbres un petit lac couvert des feuilles et des fleurs du fameux « lien-wha » (*Nelumbium*), si estimé et si honoré par les Chinois, et qui abonde toujours dans le voisinage des temples bouddhistes. Depuis les bords du lac jusqu'aux temples, tout l'espace est couvert d'arbres à thé cultivés avec le plus grand soin (on le remarque à première vue), et de l'autre côté du lac, faisant face aux temples, règne un grand bois.

Du côté où les temples sont construits, on voit un certain nombre de rocs d'une apparence étrange, qui s'élèvent comme des monuments cyclopéens. Ils sont placés fort près les uns des autres, et leur hauteur varie de quatre-vingts à cent pieds. C'est, on n'en peut douter, la singularité, la bizarrerie de ce caprice de la nature qui a déterminé les moines dans le choix de leur établissement. Le chef des moines a sa maison bâtie au pied de l'un de ces rocs, et ce fut de ce côté que nous nous dirigeâmes. Après avoir monté un assez long escalier de pierre et franchi la porte d'une petite cour, nous étions devant la maison. Un enfant qui jouait sous le porche s'empressa, en nous voyant, d'aller annoncer notre visite. Fatigué comme j'étais, j'entrai sans plus de cérémonie dans la grande salle pour attendre la venue du maître de la maison. Ce ne fut pas long ; il entrait presque en même temps que moi, et, avant toutes choses, il commença par me faire l'accueil le plus poli. Après les saluts et les compliments, Sing-Hoo lui conta que j'étais venu passer un jour ou deux à Woo-e-shan, dont la réputation s'étendait jusque dans le pays lointain auquel j'appartenais, et il termina en lui demandant de vouloir bien se charger de notre nourriture et de notre logement pendant le temps de notre séjour.

Tandis que Sing-Hoo faisait son discours, le moine tira de son sac à tabac une pincée de tabac chinois qu'il roula entre le pouce et l'index, et qu'il m'offrit ensuite pour charger ma pipe. C'est l'usage chez les gens des montagnes, et c'est, pour celui à qui cette politesse est adressée, la preuve qu'il est le bienvenu. J'acceptai donc et me mis aussitôt à fumer. Puis notre hôte me conduisit dans la plus belle pièce de sa demeure et, souhaitant me faire asseoir, appela le domestique pour lui enjoindre de nous apporter du thé ; en sorte qu'à présent c'était sur le lieu même, ces collines d'où il était originaire, que je buvais, pure et nullement frelatée, une infusion de cette plante parfumée. Jamais encore je n'avais ressenti pareil besoin de m'en désaltérer, car au terme de cette escalade sous un soleil dévorant, j'étais échauffé, altéré, fourbu. Le thé eut bientôt fait d'étancher ma soif, de me revigorer les esprits et de me remettre en mémoire ces paroles d'un auteur chinois : « Le thé a toutes les vertus : cultive-le et il répandra généreusement ses bienfaits ; bois-le et les esprits animaux s'en trouveront ragaillardis et magnifiés. »

Bien que je parlasse suffisamment la langue chinoise pour me faire entendre dans maintes provinces de ce pays, la prudence me conseillait de ne pas entreprendre avec les moines de ce temple un interminable entretien. Je laissai donc à mon serviteur, fort capable de parler en notre nom à tous les deux, le soin de faire la conversation. En conséquence, Sing-Hoo affirma aux moines que je ne connaissais pas la langue de cette région, et que je venais d'un lointain pays, « par-delà la grande muraille ».

Sur ces entrefaites on vint m'annoncer que le dîner était servi. Le vieux moine me salua en m'invitant à passer dans la salle à manger ; il va sans dire que je le priai de passer devant moi, mais il n'en voulut rien faire : je dus passer le premier et m'asseoir à la place d'honneur, à gauche. Nous avions pour convives trois autres moines, dont l'un avait la plus mauvaise mine, le front bas, le regard impudent, le visage criblé des marques de la petite vérole. C'était une de ces figures que l'on n'aimerait pas à rencontrer à certaines heures de la nuit. Quant au bon vieillard qui nous recevait, c'était tout autre chose ; il pouvait être âgé de soixante ans, et son air était aussi doux qu'intelligent. C'était une de ces figures qu'on a plaisir à contempler ; la douceur, l'honnêteté, la loyauté respiraient dans ses regards, il n'y avait pas à s'y tromper.

Lorsque nous fûmes assis, on commença par nous servir à chacun une tasse de vin, et le vieux moine nous dit : « Che-sue, che-sue, buvez ce vin. » Chacun prit sa tasse et nous trinquâmes tous ensemble ; lorsque les tasses se rencontraient, on répétait « che-sue » en se saluant. On passa ensuite au festin. La table était couverte de petits bassins de bois, dans chacun desquels était un mets différent. Je remarquai avec étonnement dans le nombre de petits poissons ; j'avais toujours cru que jamais les moines bouddhistes ne mangeaient rien de ce qui a eu vie. Tous les autres plats appartenaient au règne végétal. C'étaient de jeunes pousses de bambou, des choux verts et conservés, des navets, des pois, des haricots, le tout très bien accommodé.

Pendant le dîner, les moines ne cessaient de me presser de manger ; ils faisaient l'éloge des divers plats, et leur politesse, au moins dans mon humble opinion, allait quelquefois un peu loin. Ils ne se contentaient pas de recommander les mets à ma gourmandise, ils y plongeaient souvent leurs bâtonnets pour y choisir les morceaux qu'ils croyaient être les plus délicats, et ils me les offraient en disant : « Mangez ceci, mangez cela. » C'était une preuve de bonne volonté qui n'était pas tout à fait de mon goût ; je les jugeai cependant sur l'intention, et nous fûmes les meilleurs amis du monde.

En même temps une conversation fort intéressante se poursuivait entre Sing-Hoo et les moines. Sing-Hoo avait été dans son temps un grand voyageur, et il fournissait à ces bonnes gens une merveilleuse abondance de renseignements sur les provinces du Nord et du Sud, de l'Est et de l'Ouest. Il leur conta son voyage à Pékin, comme quoi il avait vu l'empereur et avait été attaché pendant quelque temps au service de sa maison. Toutes ces histoires, débitées avec une assurance imperturbable, finirent par le faire passer aux yeux de mes convives pour un personnage important. Du reste, ils exprimaient franchement leur opinion sur les gens des diverses provinces de l'empire ; ils en parlaient comme s'il se fût agi d'autant de peuples différents, comme nous parlerions des Français, des Hollandais, des Danois. Ceux qu'ils aimaient le moins, c'étaient les gens de Canton. Quant aux étrangers, les meilleurs ne valaient rien, surtout les « kwei-tszes », les enfants du diable, nom qu'ils appliquaient sans distinction à toutes les nations de l'Occident.

Après le dîner j'allai faire un tour dans les temples ; il n'en est aucun qui soit remarquable, et de fait les bons moines semblaient plus occupés de la culture et de la manipulation du thé que des cérémonies de leur religion ; d'ailleurs, à cette époque de l'année, moines et domestiques étaient exclusivement occupés des soins à donner à cette inestimable plante.

Cependant le soleil se couchait derrière les montagnes Bohea, et comme dans ces régions le crépuscule est très court, il devenait prudent de reprendre la route des temples où j'étais logé. Quand j'y arrivai les ombres du soir épaississaient graduellement, et Woo-e-shan était déjà dans l'obscurité. La nature était rentrée dans un silence solennel que troublait seulement de temps à autre le son d'un gong ou d'une cloche, témoignage de la vigilance des moines occupés de leurs dévotions du soir. En même temps la lune s'était levée, et à la lumière de ses rayons l'aspect du paysage était devenu plus imposant encore peut-être que pendant le jour. Les rocs étranges dont j'ai parlé, élevant au-dessus des temples leurs formes gigantesques, éclairées en partie par la lune et en partie plongées dans l'obscurité, produisaient un effet magique. En face des temples le bois prenait une apparence de plus en plus sombre et mystérieuse, tandis qu'au fond de la vallée le petit lac étincelait comme s'il eût été couvert de perles d'argent.

Je ne craignais plus de ne pas retrouver mon chemin ; je m'assis sur une pierre, et, plongé dans une contemplation profonde, je laissai mes regards se promener sur ces objets étranges. Était-ce un rêve ou une réalité ? Étais-je transporté dans le pays des fées ? Plus je regardais, moins les choses devenaient distinctes ; la rêverie, l'imagination transformaient les rocs et les arbres en êtres vivants aux formes fantastiques. En pareilles circonstances, j'aime à laisser le champ libre à mon imagination, et, s'il m'arrive de construire quelques châteaux en l'air, du moins ils ne me coûtent pas cher, et il n'est pas difficile de les faire disparaître.

J'étais encore absorbé dans cet état, qui tenait le milieu entre la veille et le sommeil, qui me détachait de tous les objets de ce monde matériel pour me lancer dans les espaces, lorsque Sing-Hoo vint m'avertir que le souper était prêt et que l'on m'attendait. Il se passa à peu près comme notre dîner. Ainsi que la plupart de mes compatriotes, j'ai une grande aversion pour le « sam-shoo » des Chinois, liqueur spiritueuse qui ressemble assez à l'arak de l'Inde, mais qui est distillée du riz. À proprement parler, l'espèce commune qui se vend en détail dans les boutiques n'est qu'un affreux poison. Mais le vin de Woo-e-shan était tout autre chose, il ressemblait aux vins légers de France ; il était légèrement acide, agréable au goût, et pour s'enivrer, il aurait fallu en boire des quantités énormes. Je n'ai pas pu vider la question de savoir s'il était fait avec du raisin ou bien si c'était une espèce de « sam-shoo » préparé selon des procédés particuliers et adouci par une quantité considérable d'eau. En tout cas, c'était l'agréable appendice d'un souper chinois.

Au cours du repas, mon serviteur et les moines en vinrent à parler de l'étonnant spectacle offert par ces éminences et par les multiples temples dispersés sur leurs reliefs, qui pour la plupart sont édifiés en des lieux totalement inaccessibles. Il leur dit combien notre marche dans l'après-dîner m'avait enchanté, et combien frappé l'insolite paysage que j'avais contemplé. Tous les propos qui vantaient la beauté de ces collines paraissaient flatter grandement les bons moines, et bientôt leurs langues se délièrent. Ils nous apprirent que sur chaque hauteur, chaque pic, était érigé un temple consacré à Bouddha, et qu'au total on n'en comptait pas moins de neuf cent quatre-vingt-dix-neuf.

Ce sont les moines des deux sectes dont j'ai déjà parlé qui possèdent, semble-t-il, les terres de ces collines dont la plus grande partie, cependant, et à beaucoup près, appartient aux bouddhistes. Quelques fermes sont également établies là, qui pourvoient en provisions de bouche la cour de Pékin. On les désigne du nom de closeries impériales, mais je subodore qu'elles sont aussi, dans une certaine mesure, placées sous le ménage et la juridiction des monastères. On cultive partout l'arbre à thé, et souvent dans les lieux les plus inaccessibles, tels les sommets et les corniches des rochers abrupts.

M. Ball raconte dans son livre sur la culture du thé qu'il faut souvent employer des chaînes et des cordes pour soutenir les hommes qui vont recueillir les feuilles des arbres qui croissent dans de pareilles positions, et j'ai même entendu affirmer (je ne sais si c'est par des Chinois ou par d'autres) que l'on emploie des singes à ce travail, et voici comment : ces animaux n'aiment pas la fatigue et ne se soumettraient pas volontiers à cueillir les feuilles ; mais, lorsque le jour de la récolte est venu, les Chinois se mettent à leur jeter des pierres, les singes se fâchent et ripostent aux assaillants en cassant les branches des arbres et en les lançant à la figure de l'ennemi, et la récolte se trouve faite.

Je ne voudrais pas me hasarder à dire que l'on ne fait pas la cueillette des feuilles de thé avec l'aide de chaînes et de singes, mais je crois pouvoir affirmer sans crainte de me tromper que la récolte faite par ces procédés est très peu importante. La plus grande partie du thé se recueille sur des plateaux dont le sol est enrichi par les matières végétales et autres dépôts qui y sont apportés des lieux hauts par les pluies. On voit très peu d'arbres à thé dans des lieux arides.

Ayant passé toute la journée à peiner dans les montagnes, je me retirai de bonne heure pour prendre du repos. Sing-Hoo me confia par la suite qu'il n'avait pas fermé l'œil de la nuit. La mine du moine lui avait semblé patibulaire, et, nourrissant de forts préjugés en la défaveur des gens du Fokien, il s'attendait que durant la nuit on cherchât à nous dévaliser, voire d'attenter à nos vies. Aucune crainte de cette nature ne troubla mon repos. Je dormis profondément jusqu'à l'aube, et quand je m'éveillai je me sentis parfaitement dispos, et de taille à supporter le harassement d'une nouvelle journée. Quand on m'eut apporté l'eau que j'avais demandée, je m'accordai une bonne toilette, luxe que je ne pouvais m'offrir qu'une seule fois par vingt-quatre heures.

Durant mon séjour ici je fis la connaissance d'un certain nombre de marchands de thé de Tsong-gan-hien, venus acheter aux moines le produit de leur récolte. Jusqu'à ce qu'ils eussent acquis toute la marchandise qu'ils voulaient, ces hommes trouvaient à s'héberger dans les temples, ou pour mieux dire dans les logis des moines qui jouxtaient les temples. Alors ils engageaient des coolies et le thé était acheminé à Tsong-gan-hien, où il serait apprêté et empaqueté avant d'être expédié vers les marchés étrangers.

Ayant vu tout ce qu'il y avait de particulièrement intéressant à voir dans cette partie de la montagne, le matin du troisième jour je me résolus à partir. Sitôt que nous eûmes pris la collation, je fis au vieux moine, pour le remercier de ses égards, un présent qui, nonobstant sa modicité, parut me hausser grandement dans son estime. Je fis ensuite quérir les porteurs de chaise et nous quittâmes le toit hospitalier des moines bouddhistes pour aller à la découverte de plus lointaines parties de ces montagnes. Quel toit trouverais-je ensuite pour m'abriter ? Je n'en avais pas la moindre idée.

Notre hôte m'accompagna jusqu'au seuil pour m'y faire ses adieux à la façon chinoise. Alors que nous cheminions au milieu des coteaux, je voyais s'affairer des cueilleurs et cueilleuses de thé sur tous les versants où cette plante était cultivée. Ces gens semblaient pleins d'entrain et contents de leur sort. Partout fusaient boutades et rires joyeux, et d'aucuns chantaient avec autant de gaieté que le faisaient autour des temples les oiseaux dans les vieux arbres.

12

Le fleuve des Neuf Détours. — Un moine taoïste. Des mains sur les rochers. — Aventure de nuit. — Mes visiteurs. — Emballage pour un long voyage. — Tsin-tsun. — Paysages de montagne. — Rochers, ravins et chutes d'eau. — Une route solitaire. — Arrivée à Pouching-hien.

Nous nous lançâmes à travers les montagnes dans la direction de la petite ville de Tsin-tsun, autre place importante pour le commerce des thés noirs. Notre route était très agreste. C'était tout simplement un petit sentier, et quelquefois des degrés très étroits taillés dans le roc. Deux milles de marche nous conduisirent à un temple solitaire, situé sur les bords d'un petit torrent qui serpente à travers les montagnes. Les Chinois l'appellent la rivière des Neuf Détours, à cause des cours sinueux qu'elle suit au milieu des collines de Woo-e-shan. Elle partage la chaîne en deux districts, celui du nord et celui du sud, le premier étant le plus renommé pour la qualité de ses thés. C'est là que se produisent les meilleurs « pekoes » et les plus beaux « souchongs » ; mais je crois que les thés de cette qualité parviennent très rarement sur les marchés de l'Europe, ou du moins n'y parviennent qu'en très petite quantité.

Le temple où nous venions d'arriver ne se compose que d'un petit et très peu intéressant édifice ; c'est un lieu de halte entre Tsin-tsun et les montagnes, et nous y trouvâmes un assez grand nombre de voyageurs et de coolies assis sous le porche et buvant du thé. Ce temple appartient aux taoïstes, et il était habité par un vieux moine et sa femme. Les moines de cette secte ne se rasent pas la tête comme les bouddhistes, et je crois qu'ils peuvent se marier.

Le bon vieillard nous reçut avec la plus grande politesse, et, selon l'usage du pays, il m'offrit une pipe de tabac et une tasse de thé ; Sing-Hoo lui demanda ensuite s'il pouvait nous louer une chambre de sa maison pour un ou deux jours. Il parut enchanté de l'occasion qui se présentait de gagner un peu d'argent, et aussitôt il nous conduisit dans une chambre haute que nous acceptâmes pour le temps de notre séjour.

Cette maison et le temple duquel elle dépendait sont, comme ceux que j'ai déjà décrits, appuyés contre un roc perpendiculaire qui fournit un excellent mur de fond. Le sommet du rocher domine le petit édifice, et l'eau qui en tombe incessamment sur le toit de la maison ferait croire qu'il pleut toujours.

La façade du temple dominait le cours des Neuf Détours. De nombreuses embarcations circulaient tant vers l'amont que vers l'aval en un incessant va-et-vient. Sur bon nombre d'entre elles, m'apprit-on, avaient pris place de joyeuses compagnies venues là pour se divertir au spectacle de l'étrange paysage offert par ces montagnes. Le courant était fort rapide, et on eût dit que ces barques volaient sur l'eau lorsqu'elles descendaient la rivière, où bientôt on les perdait de vue. De tous côtés l'on voyait des rochers et des reliefs des plus insolites, avec généralement à leurs sommets un temple et une manufacture de thé. Leur escarpement était parfois si prononcé qu'on ne pouvait entrer dans les maisons que par une échelle. Mais d'une façon générale le chemin était constitué de degrés taillés dans la roche, en sorte qu'on pouvait ainsi atteindre le haut de l'à-pic.

Le vieux moine qui avait bien voulu nous recevoir semblait être réduit au dernier degré de la pauvreté ; la pièce de terre attachée au temple, et qui lui fournissait son principal moyen d'existence, était très petite. De temps à autre les fidèles de sa secte qui venaient faire leurs dévotions lui faisaient quelque petit présent, mais les visites et les cadeaux étaient très rares. D'ailleurs son temple n'a rien de grand ni d'imposant qui puisse attirer les gens riches et les curieux, si ce n'est le magnifique paysage qui l'entoure.

Après avoir donné quelque argent au vieux moine pour acheter de quoi nous faire dîner, mes gens et moi, je mangeai un morceau à la hâte et me mis en route pour explorer les montagnes du voisinage. Je visitai un grand nombre de fermes, et je réussis à me procurer environ quatre cents jeunes plants que je rapportai en bonne condition à Shanghai, et qui doivent aujourd'hui pour la plupart pousser vigoureusement dans les plantations du gouvernement sur les flancs des Himalayas.

Le vieux moine et sa femme étaient trop pauvres pour consommer de l'huile ou de la chandelle, en conséquence, ils avaient l'habitude de se coucher avant la nuit, et, comme ce jour-là le temps était très humide et que mon logement était des moins confortables, je suivis leur exemple. Sing-Hoo, que j'avais dû prendre avec moi, n'ayant, disait-il, aucune confiance dans ces gens du Fokien, imagina de fermer la trappe qui conduisait à notre grenier et de s'y barricader du mieux qu'il put avec nos effets. Je le laissai faire, et, quand je me réveillai vers minuit, je riais en moi-même de sa poltronnerie, car je n'entendais rien que la pluie qui tombait à verse sur notre misérable toit, lorsqu'un léger bruit, venu d'en bas, attira mon attention. Mes yeux se portèrent naturellement vers la trappe, et quelle fut ma surprise lorsque je la vis s'ouvrir lentement, et une tête humaine paraître dans notre chambre ! Je ne savais d'abord que faire, mais après quelques instants je pris le parti de rester immobile, sauf à surveiller les mouvements de cet étrange visiteur et à me tenir prêt à défendre ma vie du mieux que je pourrais. L'homme cependant montait toujours, mais lentement, car il avait de la peine à soulever les poids que Sing-Hoo avait accumulés sur la trappe ; mais enfin ils se renversèrent, et au bruit qu'ils firent en tombant Sing-Hoo se réveilla en sursaut, pris d'un accès de frayeur épouvantable, et m'appelant à son secours. « La pluie tombe à travers le toit de la maison jusque dans notre lit », dit le visiteur nocturne, que nous reconnûmes aussitôt pour être le pauvre vieux moine. Nous rîmes alors tout notre soûl de la peur que nous avions eue ; quant au bonhomme, après avoir recouvert de nattes l'endroit par où filtrait la pluie, il redescendit chez lui. « Fermez la trappe, lui cria Sing-Hoo.

— Il vaut beaucoup mieux qu'elle soit ouverte, répondit le vieillard, cela donne un air de fraîcheur ; d'ailleurs ne craignez rien, nos montagnes sont sûres. »

Sing-Hoo n'essaya pas de discuter avec lui ; mais, dès qu'il fut parti, il se leva et ferma la trappe tout doucement : rien ne vint plus troubler notre sommeil.

Ces braves gens n'avaient pas la moindre idée que je pusse être un étranger, mais je fus cependant quelquefois importuné par la curiosité que Sing-Hoo avait éveillée chez eux en leur disant que j'étais un mandarin de Tartarie, d'au-delà de la grande muraille. Plus d'une fois, pendant que j'étais dans ma chambre, les gens de la campagne témoignèrent le vif désir de voir un voyageur qui était venu de si loin ; plus d'une fois même ils osèrent monter jusque chez moi sans cérémonie. J'espère les avoir toujours reçus avec politesse et avoir bien soutenu mon rôle. Une fois, cependant, je faillis perdre mon sérieux. Un vieux moine, tombé dans l'enfance sénile, voulut absolument me voir, et entrant dans ma chambre il se jeta à genoux et se prosterna à plusieurs reprises devant moi. Je le relevai doucement, en lui disant toutefois qu'il n'était pas dans mes goûts d'être honoré d'une pareille façon. Un autre moine vint me prier d'aller faire visite à son temple, situé sur une colline du voisinage, et qui avait été, disait-il, honoré jadis de la présence d'un empereur.

Je passai deux jours dans cette pauvre mais hospitalière maison. Le soir du second jour, ayant fait un nouveau marché avec mes porteurs, j'annonçai au vieux moine que je comptais me remettre en route le lendemain matin. Il me pressa, de la façon la plus gracieuse, de rester un peu plus longtemps ; mais quand il vit que mon parti était pris, il alla chercher dans son petit terrain quelques beaux plants de thé qu'il me pria d'accepter. Je fus très sensible à cette marque de gratitude pour le léger cadeau que je lui avais fait ; j'acceptai ses plants avec bonheur, car ils augmentaient mon trésor dans une proportion importante. Ceux-ci, comme les autres plants, furent soigneusement empaquetés après qu'on eut entouré leurs racines de mousse humide, puis tout le paquet fut enveloppé dans du papier huilé. Cette dernière précaution avait pour objet de les préserver de l'ardeur du soleil, et aussi du regard indiscret des Chinois, lesquels, quoi qu'ils n'eussent point témoigné à cet égard de sentiments ombrageux, eussent pu nous importuner en nous posant d'impertinentes questions. De bon matin, quand tout fut prêt pour le départ, nous prîmes congé de nos charmants hôte et hôtesse pour nous en aller vers Tsin-tsun en cheminant par la montagne.

Tsin-tsun est une petite ville bâtie sur les rives de l'un des bras du Min. Ce cours d'eau départage les chaînes septentrionales et méridionales du Woo-e-shan. La ville est construite sur les deux rives, qu'un pont raccorde l'une à l'autre. On y trouve en grand nombre des hôtelleries, des auberges et des débits de thé que fréquentent marchands et coolies. C'est ici que l'on apporte le thé que produisent en abondance les collines environnantes, pour l'y vendre avant qu'il ne soit expédié à Tson-gan-hien, et ensuite à Hokow, par-delà les monts de Bohea.

En arrivant à Tsin-tsun j'avais une bien grande envie de descendre le Min jusqu'à Foo-chow-foo. Je l'aurais pu faire en quatre jours, sans peine ni désagrément, le même bateau pouvant me conduire du point de départ au point d'arrivée. Il y avait cependant deux objections à cette route : l'une, c'était qu'en suivant cette direction je n'aurais pas vu beaucoup de pays neuf pour moi ; l'autre, c'était la difficulté de sortir de Foo-chow une fois que j'y serais arrivé. Après y avoir bien réfléchi, je me décidai à ne point aller à Foo-chow et à ne pas revenir par la route que j'avais suivie en venant, mais à en prendre une autre qui conduisait, par l'est, à la ville de Pouching-hien, d'où j'aurais à repasser les monts Bohea pour redescendre par leur versant septentrional dans le Chekiang. Depuis le point où j'étais jusqu'à Pouching-hien, la distance étant de deux cent quatre-vingts lis, et, la route étant montueuse, il me fallait trois ou quatre jours pour faire cette première étape.

Nous fîmes halte à Tsin-tsun, le temps de nous y rafraîchir avant de poursuivre notre route. Nous dirigeant vers le levant, nous franchîmes l'un des bras de la rivière, lequel, à cet endroit, contourne le pied de la montagne.

Du Woo-e-shan à Pouching-hien, la route directe passe par la ville de Tsong-gan. Mais il existait une autre route, laquelle prenait plus au midi et rejoignait celle de Tsong-gan à une journée de marche environ de Pouching-hien. C'était cette route que j'avais résolu de suivre. Nous progressâmes dans la direction de l'est. Un petit cours d'eau, lui aussi affluent du Min, prenait sa source dans les montagnes situées vers l'orient, et sur une bonne partie du chemin nous suivîmes ses berges.

Le paysage qui s'offrait à nous tandis que nous gravissions les gigantesques montagnes surpassait en grandeur tout ce que j'avais vu en Chine. Il était d'un caractère totalement différent de celui du Woo-e-shan. Ici les escarpements étaient couverts de forêts denses constituées de pins à feuilles lancéolées (*Cunninghamia lanceolata*). C'était la première fois qu'il m'était donné de voir ce conifère, de suffisamment belle taille pour qu'on en puisse exploiter le bois. La plupart des arbres s'élevaient à quatre-vingts pieds pour le moins, et leurs fûts s'élevaient d'un seul jet. Jamais non plus je n'avais vu pareille richesse de coloris dans le feuillage. Ici, c'était un vert soutenu ; là, les tons tiraient sur le bleu. Il en existe sans nul doute bon nombre de variétés dans ces montagnes.

Une excellente route empierrée nous a fait gravir la paroi d'une profonde gorge. Fréquemment les frondaisons des arbres se rejoignaient au-dessus de nos têtes, obscurcissant le chemin. Tout, ici, était sauvage. Des torrents jaillissaient des flancs de la montagne pour chuter le long d'à-pics rocheux, où nous les perdions de vue au milieu de l'exubérance quasiment tropicale du feuillage des pins. Mêlant leurs eaux dans le creux de la gorge, ils formaient un ruisseau qui s'en allait grossir le cours du Min.

Quand nous eûmes parcouru quelque distance à partir du bas de la montagne, la route se mit à grimper de façon si abrupte que je dus descendre de ma chaise et continuer à pied. Une fois ou deux, alors que j'avais pris une avance considérable sur mes gens, je fus presque saisi d'un sentiment de peur tant ces lieux me semblaient sauvages et isolés. L'endroit par excellence, me disais-je, où un tigre ou quelque autre animal féroce eût pu bondir des épais fourrés sur un voyageur. Nous avons atteint le sommet du pas environ une heure après avoir entrepris l'ascension. Comme l'air était étouffant, j'étais fort aise de trouver là une petite hôtellerie, où l'on m'a servi un thé des plus acceptables et des plus rafraîchissants.

Trois jours après avoir quitté le Woo-e-shan, nous sommes arrivés sur le tard dans une active bourgade portant le nom de She-pa-ky, sur la grand-route de Tsong-gan-hien à Pouching-hien. Nous y avons passé la nuit. En plus d'un endroit la route que nous avions suivie jusque-là était en fort mauvais état. Mais celle qui allait maintenant nous mener en une journée de marche jusqu'à Pouching-hien, nous apprit-on, était tout au long du parcours excellente.

Tandis que nous approchions de Pouching-hien nous avons de nouveau traversé une région où l'on cultive l'arbre à thé. On voyait pousser cette plante buissonneuse sur quantité de basses collines. Je ne saurais dire si cela tient à la pauvreté du sol ou à un mode d'apprêt moins minutieux, mais toujours est-il que les thés de Pouching sont bien loin d'être aussi prisés sur les marchés que ceux du Woo-e-shan. Il ne fait aucun doute pourtant que dans les deux régions les plantes sont de la même variété.

Notre route, qui toute la journée avait sinué au milieu des coteaux depuis que nous avions quitté la petite bourgade de She-pa-ky, débouchait à présent sur une large et belle vallée, dont le centre était occupé par la ville de Pouching-hien. Une jolie rivière, qui elle aussi va se jeter dans le Min et que l'on franchit ici sur un pont, passe devant ses murs. Les faubourgs m'ont paru passablement pauvres, et l'ensemble de l'agglomération ne m'a pas particulièrement frappé par son importance. Elle fait songer bien davantage à une ville de marché provinciale qu'à autre chose. Elle est peuplée, me suis-je laissé dire, d'environ cent cinquante mille habitants. Ses murs et ouvrages fortifiés sont manifestement fort anciens. Herbes folles et broussailles les étouffent totalement, et ils sont ceinturés par un canal ou par des douves, à l'exemple de beaucoup d'autres villes chinoises.

Le négoce du thé est ici considérable. On l'emballe dans des couffins de vannerie pour l'expédier par la montagne à Chekiang, d'où il est voituré par voie d'eau jusqu'à Hang-chow-foo, Soo-chow-foo et Ning-po. Mais pour autant que je sache on en exporte fort peu, si tant est qu'on en exporte. Une grande partie de ce thé descend aussi le fleuve Min, à destination de Foo-chow-foo.

13

Une auberge à Pouching-hien. — Joueurs et fumeurs d'opium. — Valeur de la vie en Chine. — Désagréments nocturnes. — Bagarre avec Sing-Hoo. — Difficultés de trouver des porteurs. — Avec notre bagage sur le dos, sous la pluie. — Une matinée avec les mendiants. — Le roi des mendiants. — Poursuite de notre voyage. — Passes dans la montagne. — Un garde tartare. — Inspection.

L'auberge où nous descendîmes le soir, trempés par la pluie et dans un assez piteux état, ne me paraissait pas être d'un ordre aussi élevé que je l'aurais voulu, et je l'aurais quittée si le temps l'eût permis ; mais comme la pluie tombait par torrents, je me déterminai à y rester, et mal m'en prit. Les porteurs que nous avions engagés à Woo-e-shan étaient arrivés au terme de leur voyage, et ils devaient repartir le lendemain pour retourner chez eux. Aussi ordonnai-je à Sing-Hoo de payer ce qui leur était encore dû, et sur sa réponse affirmative je dînai, puis me retirai de bonne heure, ne trouvant rien qui pût m'inviter à rester dans une salle de triste apparence, au milieu de gens d'assez mauvaise mine. Il y avait longtemps déjà que je dormais, lorsque je fus réveillé par un grand bruit de voix, au milieu desquelles je reconnaissais celles des porteurs et de Sing-Hoo. Je fus aussitôt sur pied, bien persuadé qu'il allait nous arriver quelque chose de fâcheux. Le bruit augmentait en effet : c'était une rixe, et, à n'en pas douter, c'était à mon domestique qu'on en voulait, avec l'intention de nous voler et peut-être de nous assassiner. Toutes les histoires de voleurs que Sing-Hoo m'avait racontées me revinrent alors à la mémoire. Quatre voyageurs, m'avait-il raconté, étaient arrivés un soir dans une hôtellerie située au bord de la route pour y prendre un logis. S'étant fait servir un bon souper, ensuite ils avaient fumé de l'opium et joué jusqu'à minuit ou presque. Le lendemain matin, trois d'entre eux avaient payé leur dû à l'hôtelier, puis étaient repartis. Mais le quatrième n'avait pas donné signe de vie. Plus tard on avait retrouvé son corps au fond d'un ravin, à proximité de la maison, recroquevillé dans sa propre chaise, et, à en juger par son aspect il ne faisait aucun doute que ses compagnons l'avaient de leurs mains fait périr de mort violente.

Aussi, ne pouvant supporter une plus longue incertitude, je m'habillai en toute hâte et me précipitai dans la salle où le bruit se faisait. Ce que je vis aurait pu donner peur à un plus brave que moi, et cependant il y avait aussi, dans cette scène, un côté ridicule. Huit ou dix gaillards vigoureux attaquaient mon domestique qui, acculé contre la muraille, faisait tête comme un sanglier aux abois. Armé d'un tison, il l'agitait au nez de ceux qui l'approchaient de trop près. Les plus hardis s'y brûlaient parfois et se sauvaient en criant, en vociférant des malédictions. Spectateur désintéressé, j'aurais ri de tout mon cœur à cette scène ; mais je ne pouvais oublier que j'étais en Chine, au milieu d'une population hostile, et comme d'ailleurs j'étais le plus faible, j'avoue que j'étais aussi fort peu rassuré. Pour toute arme je n'avais en ma possession qu'un petit pistolet de poche, de ceux que l'on charge en dévissant le canon. Pensant que si les choses en venaient à prendre fâcheuse tournure cette arme pourrait m'être de quelque secours, soit pour effrayer nos assaillants, soit pour sauver ma vie, je revins dans ma chambre pour m'en munir. Mais en l'examinant je constatai que l'humidité avait fait rouiller le canon et qu'il me serait impossible de le dévisser. En sorte que mon pistolet ne me servait plus à rien.

Le tapage continuait, s'amplifiait, même, si tant est qu'on pût faire encore davantage de bruit. Aussi, m'étant déterminé à présenter un visage hardi et résolu, j'avançai tout droit au milieu des combattants, me ménageant de la place entre mon serviteur et les autres, et je m'enquis de la raison de cet esclandre.

Mes porteurs, qui m'avaient toujours traité avec le plus profond respect, reculèrent aussitôt, mais en se plaignant de n'avoir pas été payés. En instruisant l'affaire, j'appris que Sing-Hoo, en vrai Chinois, ne s'était pas contenté de tout ce qu'il avait pu gagner sur moi, mais qu'il avait encore essayé d'escroquer à ces pauvres gens trois cents sapèques, un franc vingt-cinq centimes environ ! Il protestait comme un beau diable contre l'accusation ; mais, comme je ne pouvais pas douter que les porteurs n'eussent raison, et comme d'ailleurs je ne voulais pas risquer le succès de mon voyage, et ma vie peut-être, pour une pareille misère, je lui donnai l'ordre de payer la somme réclamée séance tenante, puis je l'emmenai dans ma chambre dont je fermai la porte.

Dans la pièce adjacente à la mienne, et qu'une simple cloison de bois séparait d'elle, une dizaine de fumeurs d'opium s'étaient retirés. Les émanations douceâtres, écœurantes de la drogue s'infiltraient par les fentes de la cloison et m'étaient des plus désagréables. En peu de temps l'opium produisit son effet sur les fumeurs, qui se mirent à parler et rire bruyamment. De toute évidence ils avaient atteint à la félicité suprême. Leurs esprits n'étaient plus préoccupés que par l'échauffourée qui les avait mis aux prises avec Sing-Hoo et on les eût jurés incapables de se préoccuper ou parler d'autre chose. À quelles extrémités eussent pu se porter des fous en pareille circonstance – car la drogue les avait bel et bien dépossédés de leur raison –, je n'en avais pas la moindre idée. Cela me tint éveillé durant plusieurs heures. Cependant, je finis par m'assoupir, et je ne sortis point de mon sommeil avant que le jour n'envahît notre misérable logis. Tout était parfaitement paisible. Sing-Hoo gisait tout habillé sur sa couche, dormant d'un profond sommeil, et les fumeurs d'opium étaient enfin partis au pays des rêves.

La nuit se passa sans autre algarade, mais l'affaire n'était pas terminée. Le lendemain, lorsque après notre déjeuner nous demandâmes à engager d'autres porteurs, il nous fut impossible d'en trouver qui voulussent accepter d'entrer en marché avec nous. Prévenus par nos ennemis de la veille, ils nous répondaient que Sing-Hoo était un mauvais homme, et qu'on ne pouvait pas s'en rapporter à ses promesses.

« Voyez ce que votre abominable cupidité a produit, dis-je à Sing-Hoo ; il faut renoncer ici à trouver une chaise et des porteurs ; ces gens nous en empêcheront toujours. – Oui, répondit-il, le seul moyen à tenter c'est de quitter cette maison et de faire perdre notre piste à ceux qui y ont passé la nuit avec nous. Je prendrai les bagages sur mon dos, et, lorsque nous serons loin d'ici, nous pourrons nous procurer une chaise et des porteurs aussi facilement que si de rien n'était. »

C'était, à ce qu'il semblait, le parti le plus sage, mais il m'en coûta de le prendre. On pense si je devais être de bonne humeur, après une pareille nuit, en faisant mes paquets et en les chargeant sur les épaules de Sing-Hoo, qui pliait sous le poids, pour reprendre ma route à pied sans savoir où j'allais et sous une pluie qui tombait à torrents. Les rues étaient inondées et presque impraticables ; à force de barboter, cependant, nous étions sortis de la ville, et nous avions fait un mille à peu près, lorsque tout à coup, et pour combler la mesure, le bambou qui servait à porter nos bagages sur les épaules de Sing-Hoo se cassa en deux, laissant tomber toute la charge dans la boue et dans l'eau qui couvraient toute la route. En cet endroit elle traversait tout juste le milieu d'un ruisseau, et il n'y avait, dans le voisinage, ni boutique où l'on pût acheter un autre bambou, ni maison où l'on pût chercher un abri.

Je confesse que, pour le coup, je fus près de perdre patience : j'avais grande envie de donner au délinquant une bonne leçon ; mais, quand je le vis couvert de sueur et de pluie, je n'eus le courage de lui rien dire. Avec les débris de son bambou dans les mains et nos bagages dans la boue il faisait une figure pitoyable.

À un demi-mille environ du lieu où nous étions je découvris cependant un de ces hangars que l'on trouve souvent sur les routes de ce pays, et qui sont construits tout exprès pour les voyageurs. Je résolus de m'y rendre, espérant y trouver au moins un abri contre la pluie. Prenant sur mes épaules une partie des bagages et faisant prendre l'autre à Sing-Hoo, je me dirigeai, à grands pas, vers l'asile qui s'ouvrait à nous. Ces hangars servent ordinairement de refuge, pendant la nuit, à des mendiants qui n'ont pas ailleurs où reposer leur tête. Un certain nombre d'individus étaient, en effet, endormis dans ce triste lieu. et l'un d'eux préparait le déjeuner. Notre arrivée ne sembla faire aucun effet sur eux ; à peine s'ils nous honorèrent d'un coup d'œil.

Comme nous ne pouvions pas continuer notre

voyage de cette façon, je dépêchai Sing-Hoo à la ville pour y louer une chaise et des porteurs, tandis que moi-même je resterais avec les mendiants pour garder les bagages. Craignant qu'il ne retombât dans les mains de ses ennemis, je lui donnai pour instruction positive de ne pas séjourner dans le quartier où nous étions si peu avantageusement connus.

Il partit et je m'assis au milieu des mendiants. Je n'avais pas encore eu l'honneur de pareille compagnie, et j'espère bien ne plus l'avoir jamais. Les uns étaient couverts d'ulcères naturels et les autres de plaies factices ; leur front bas, leur œil inquiet, leur allure stupide, indiquaient des gens dont l'esprit était dérangé. Aucun d'eux n'était rasé, tous étaient couverts d'ordures et de vermine. Les mendiants sont nombreux en Chine, et en général ils se partagent en trois classes : la première inspire la plus profonde pitié, ce sont les aveugles, les boiteux, les malades souffrant d'affections cutanées ; la seconde se compose des paresseux qui essayent d'émouvoir la compassion publique par des moyens artificiels ; dans la troisième sont les idiots et les fous. L'ordre des mendiants est répandu par tout l'empire, il a ses lois et ses règlements, et il existe réellement un roi des mendiants. C'est une espèce privilégiée en Chine, et qui demande l'aumône plutôt comme un droit que comme une faveur. Ils sont un fléau pour les boutiquiers des grandes villes, qui ne peuvent se débarrasser d'eux qu'en leur donnant toujours quelque chose. Il faut donner à chacun, mais ce qu'on leur donne est le plus ordinairement très peu considérable. La monnaie du pays se prête d'ailleurs très bien à cet état de choses. Cent sapèques chinois ne valent pas plus de quarante centimes de notre monnaie, et il est rare que l'on donne plus d'un sapèque à la fois ; souvent même on donne moins. Voici comment : dans le nombre des pièces chinoises, il en est une très grande quantité qui n'ont pas le poids, qui sont brisées ou altérées de quelque manière ; on les donne aux mendiants, ou bien encore les mendiants offrent une de ces mauvaises pièces au boutiquier, qui en rend une bonne en échange, ce qui réduit quelquefois l'aumône qu'on leur fait à un demi-sapèque, soit le cinquième d'un centime. Dans beaucoup de villes on fait des contrats avec les chefs de cette étrange communauté. Lorsqu'on est d'accord sur la transaction, un morceau de papier affiché sur la porte de la personne qui a traité avertit les mendiants que pendant tant de temps ils n'ont rien à demander dans cette maison, et ils observent religieusement ces singuliers marchés.

C'était donc avec ce genre de personnes que je partageai l'abri d'un établissement public au matin qui suivit cette journée mouvementée. Ils ne me posèrent pas de questions, me laissant à mes pensées, lesquelles n'étaient pas des plus gaies. Il me fallait maintenant franchir cent lis de chemin accidenté avant de gagner la tête de la rivière, dont l'une des sources jaillit du versant septentrional des monts Bohea, et dont le cours va se conjoindre à celui du Fleuve Vert, lequel débouche dans la baie de Hangchow. L'affaire était des plus préoccupantes, car si je ne pouvais pas me procurer de chaise, je me verrais contraint de me séparer de la plus grande partie de mon bagage, et en particulier des plants d'arbres à thé dont je m'étais pourvu dans les monts Woo-e. J'en venais à regretter maintenant de ne pas avoir descendu le cours du Min jusqu'à Foo-chow-foo, au lieu d'avoir traversé ces montagnes. Mais il ne servait à rien de me battre la coulpe. Les dés étaient jetés, et il me fallait aller de l'avant.

À quarante lis dans le nord de Pouching-hien nous sommes passés par une grande ville, dont j'ai négligé sur l'instant de consigner le nom par écrit, en sorte qu'à présent celui-ci m'est sorti de l'esprit. Nous y avons fait halte pendant une couple d'heures pour nous rafraîchir et nous avons continué notre route pour arriver le même soir dans une bourgade du nom de Tsong-so, dans les monts Bohea. Bien décidé à courir le risque de tomber sur une fâcheuse compagnie, je requis Sing-Hoo de me mener à la principale hôtellerie du lieu. Le propriétaire vint m'accueillir à la porte, puis il me conduisit vers la partie supérieure du vestibule, là où de part et d'autre étaient disposées les chambres. Quand j'en eus choisi une, dans laquelle je fis serrer mon bagage, je revins dans la grand-salle pour m'y désaltérer en compagnie, par la vertu du coutumier breuvage… le thé. Fort opportunément on déposa devant moi un excellent souper, et c'est ainsi que se conclut, de paisible et agréable façon, une journée des plus irritantes et désagréables. Le lendemain, après une collation prise de bon matin, nous avons continué notre voyage. La route, en excellent état, n'en était pas moins fatigante, car tout au long nous avons cheminé dans la montagne, et franchi trois pas au cours de la journée. À l'exemple des collines de Woo-e, ces reliefs semblent être des places fortes du bouddhisme. Alors que ce matin-là nous arrivions au sommet du premier pas, je découvris que nous étions dans le ressort d'un temple. Celui-ci était situé sur la gauche de la route, alors que sur la droite lui faisait face un débit de thé où les voyageurs pouvaient prendre du repos et se désaltérer. Une manière de marquise reliait les deux édifices l'un à l'autre, constituant un passage couvert où l'on pouvait s'abriter du soleil et de la pluie.

Un jeune moine qui nous observait est accouru pour apprêter une table et déposer du thé devant moi. Quand j'eus fini de le boire, il s'en revint, tenant à la main un grand livre dans lequel étaient consignés les dons destinés à l'entretien du temple, ainsi que les noms des donateurs. Il me présenta ledit livre, m'annonçant que « la plus modeste obole serait acceptée avec gratitude ». Alors Sing-Hoo lui expliqua que je n'étais pas bouddhiste, en conséquence de quoi je n'étais pas tenu de pourvoir à l'entretien des moines de cette confession. Je lui remis une petite somme pour paiement du thé, le remerciai de sa civilité, puis je me disposai à repartir. Il referma le livre et l'emporta, apparemment fort satisfait.

À peu près à mi-chemin nous atteignîmes le sommet d'un autre pas, où s'élevait un temple assez semblable au précédent, ainsi que le vaste débit de thé, ou gîte de repos, qui lui était attenant.

Nous étions maintenant à la frontière de deux provinces, savoir le Fokien et le Chekiang, et nous eûmes à passer par une ville frontalière où un important corps de troupes tenait garnison. Ce lieu, nommé Ching-che, est situé sur les rives d'un petit torrent de montagne coulant vers l'ouest. Alors que nous entrions dans la ville, j'observai partout des soldats désœuvrés. D'aucuns lavaient leur linge dans le cours d'eau, d'autres fumaient dans les débits de thé, cependant que bon nombre étaient assis et devisaient devant les portes. Tous suivaient attentivement des yeux les voyageurs, qu'il était de leur devoir d'examiner ainsi.

Quand nous eûmes traversé la moitié de la ville, nous fîmes halte devant un débit de thé pour nous délasser. Là, Sing-Hoo me pria instamment de rester dans ma chaise jusqu'à ce que nous eussions franchi les lignes tartares, et je jugeai prudent de suivre son conseil. Au cours de notre arrêt, un mandarin de rang inférieur vint nous examiner, et, n'ayant rien constaté qui fût contraire à l'état habituel des choses, se contenta de demander à Sing-Hoo d'où nous venions et où nous allions. Quand il eut obtenu le renseignement requis, il s'éloigna, pleinement satisfait semble-t-il.

Puis nous avons passé le torrent, qui je crois sépare ici le Fokien du Chekiang. Un autre haut relief se dressait devant nous, que nous avons commencé à gravir peu après que nous avons gagné l'autre rive. C'est alors qu'est advenu un accident qui, s'il s'était produit au beau milieu de la ville que nous venions de traverser, eût été sans nul doute autrement plus désagréable. L'un des bras de bambou de ma chaise, dont souvente fois la solidité m'avait paru précaire, s'est rompu tout net, et la chaise s'est affaissée sur la route. Cela m'ennuyait fort, bien que je me félicitasse de ce que pareille mésaventure ne me fût point advenue en dedans des lignes tartares.

Les porteurs m'ayant dit qu'ils pourraient se procurer du bambou dans quelque habitation proche, je laissai là Sing-Hoo pour qu'il veillât sur le bagage et sur la chaise rompue, et je continuai seul à monter vers le pas, tout en examinant chemin faisant les essences végétales de cette région remarquable. J'y retrouvai la jolie *Spiraea*, que pour la première fois j'avais vue dans les chaînes occidentales des monts Bohea. Ici aussi elle avait élu domicile à haute altitude. Jamais on ne la trouve dans les vallées ou sur les bas versants montagneux.

Quand j'atteignis le pas, j'aperçus au-dessous de moi, très loin, mes porteurs et coolies. Manifestement, tout était raccommodé, et ils se hâtaient de me rejoindre le plus promptement possible. Je les attendis au sommet. Ils avaient dû débourser la somme de deux cents sapèques, me déclarèrent-ils, pour se procurer deux bambous neufs, et je leur dis qu'à la fin du voyage je leur restituerais ladite somme. Ils s'en montrèrent grandement satisfaits, et par la suite me témoignèrent leur gratitude par bon nombre de petites attentions.

À présent la journée était fort avancée, et il nous restait encore à parcourir une distance considérable pour gagner la ville dans laquelle nous voulions passer la nuit. Quasiment chaque soir nous avions eu dans ces montagnes un terrible orage, et de la grosse pluie pendant plusieurs heures. Et déjà les nuages menaçaient. Aussi avons-nous forcé l'allure.

Enfin nous avons aperçu la ville, magnifiquement située au cœur de la montagne. Elle a pour nom Er-she-patu. L'orage est venu alors même que nous en franchissions la porte. Depuis quelque temps déjà le tonnerre grondait, de plus en plus proche, et de lourdes gouttes de pluie se sont mises à tomber, en sorte que nous ne pouvions nous accorder beaucoup de temps pour chercher une hôtellerie. Celle que nous avons trouvée était confortable, et nous y avons passé une agréable nuit.

14

Paysage autour d'un temple bouddhiste. — Réflexions sur le bouddhisme. — Une halte pour les missionnaires. — Les privations qu'ils ont à endurer. — Charité chrétienne. — Missionnaires protestants. — Un mandarin en voyage. — Ching-hoo. — Un bateau pour Nechow. — Retour à Shanghai.

Le lendemain nous voyageâmes encore dans la montagne. Pour étroites qu'elles fussent, les routes étaient en excellent état et témoignaient de l'infatigable industrie des Chinois. J'ai déjà dit qu'au sommet de beaucoup de pas étaient érigées des portes peu différentes de celles qu'ils ont édifiées à l'entrée des villes. Sur la frontière du Chekiang, où à présent nous étions, j'observai trois de ces portes, disposées à peu de distance les unes des autres, sur la cime d'une montagne. Entre ces ouvrages l'on voyait une longue enfilade de bâtisses, visiblement faites pour héberger une garnison, mais qui toutes étaient délabrées et inhabitées. Je suppose qu'on n'y envoie des troupes que dans les périodes de troubles, et qu'en temps de paix les soldats préfèrent séjourner dans les villes et villages des vallées plutôt que de percher à haute altitude au milieu de monts arides.

Quand nous atteignîmes le haut de cette montagne,

les Chinois nous annoncèrent que nous allions bientôt passer à proximité d'un temple célèbre, érigé sur le versant septentrional qu'à présent nous allions devoir descendre. Ce temple, nous dirent-ils, portait le nom de Shan-te-Maou. Il était entouré d'un des plus grandioses paysages de montagne qui soient, et en outre il offrait aux voyageurs un lieu de délassement et de repos qui ne contribuait pas peu à sa célébrité. Sans nul doute cet endroit était fort prisé des Chinois. Aussi nous repartîmes vers ce temple, bien résolus à dîner et passer là le reste de la journée. Nous n'étions pas allés bien loin lorsque notre route nous fit traverser une superbe forêt de bambous. Ces arbres, et d'autres encore, de grande taille, nous annonçaient, en un langage qui ne saurait tromper aucun voyageur chinois, que nous venions d'entrer dans le domaine du temple bouddhiste.

Shan-te-Maou est bâti sur le flanc d'un relief escarpé. D'où nous venions, l'on voyait les temples sur le côté droit de la route, et l'auberge sur le gauche. Un toit de chaume, sous lequel on pouvait s'abriter du soleil et de la pluie, joignait les deux ensembles de constructions. Les trois grands édifices des monastères s'étageaient sur l'escarpement. On y voyait des icônes en abondance, et bon nombre d'entre elles étaient de très grande taille. De vastes dimensions elle aussi, l'auberge était d'évidence une source de profit considérable pour les prêtres de Bouddha qui habitent cette montagne. Un grand espace couvert d'un toit, mais ouvert sur les côtés, occupait son centre, et il était encombré de tables, de banquettes et de chaises pour les hôtes de passage. De chaque côté il y avait des cuisines, des boulangeries, ainsi que toutes les dépendances d'une vaste hôtellerie.

Ce lieu était si beau, et la flore de ses environs si intéressante, que je me déterminai à séjourner un jour ou deux dans la proximité de ce temple avant de faire à tout jamais mes adieux aux monts Bohea. Les bons moines ne firent nullement obstacle à cette résolution. Bien au contraire, puisqu'ils me proposèrent une chambre dans laquelle je pourrais serrer en toute sûreté mon bagage pendant la journée, et dormir pendant la nuit.

Les Chinois n'avaient nullement outré la beauté du paysage environnant. Celui-ci était majestueux, imposant. De hautes montagnes se dressaient derrière le temple, alors que sur le devant l'œil apercevait au travers des arbres une vaste et fertile vallée. Outre les bosquets de bambous, il y avait dans le voisinage des édifices de nobles spécimens de différentes familles de sapins. Parmi elles, et des plus remarquables, je reconnus le superbe *Cryptomeria*, ou cèdre du Japon, que maintes fois j'ai mentionné dans ces pages. Cet arbre est visiblement fort prisé des moines bouddhistes, et il mérite pleinement de l'être. J'observai aussi deux spécimens de chênes à feuillage persistant (*Quercus sclerophylla* et *Q. inversa*), dont les grandes feuilles lustrées ne se distinguent guère, à quelque distance, de celles du laurier du Portugal. Au nombre des arbustes et buissons étaient aussi la *Spiraea callosa*, la *S. Reevesiana*, l'*Hydrangeas*, des *Azaleas*, des rosiers et des mûriers sauvages, etc. Les insectes abondaient eux aussi. Beaucoup d'entre eux m'étaient inconnus et n'avaient point encore été décrits par les entomologistes.

Le matin du troisième jour, après avoir bu une tasse de pur bohea pour me désaltérer (probablement la dernière que j'allais boire dans ces montagnes, qui lui ont donné son nom), je pris congé des moines et quittai le temple. Laissant mes gens finir un substantiel repas de riz, je partis seul devant pour descendre la pente. Eu égard à la forte déclivité du versant, la route avait été tracée selon des zigzags. De temps à autre je me trouvais dans une forêt dense, d'aspect tropical, et de temps à autre aussi, à la faveur d'un tournant du chemin, j'apercevais en contrebas la vallée, couverte de champs de riz d'un vert des plus luxuriants.

En regardant derrière moi, je voyais le temple se montrer au travers des bois superbes qui l'environnaient. Le soleil brillait allégrement au-dessus de lui, prodiguant aux tuiles de son toit l'éclat de pierres précieuses. Ce temple faisait songer bien davantage à un palais enchanté qu'à un lieu habité par l'homme. Et cependant, pareille pensée avait quelque chose de mélancolique, car pour agréable et enchanteresse que fût sa contemplation, pour admirable le paysage environnant, un nuage plus sombre encore que les nuées d'orage planait sur lui, puisqu'il n'était rien qu'« un autel érigé en l'honneur d'un dieu inconnu ».

Après avoir traversé cette vallée de rizières, nous avons gravi une autre montagne, du sommet de laquelle la vue était magnifique. Nous étions maintenant pour de bon sur le versant septentrional de la chaîne des Bohea. Dans toutes les directions les monts semblaient s'abaisser, en sorte que l'œil découvrait une vaste étendue de vallée. Nous étions à présent près de la source de la rivière vers laquelle nous nous dirigions, et dans la soirée nous avons gagné une ville du nom de Sha-co, bâtie sur les deux berges de ladite rivière.

Nous avons passé la nuit dans la principale hôtellerie de cette ville. Une jeune dame, probablement fille de l'hôtelier, nous a divertis pendant le souper, et ensuite pendant plusieurs heures encore, en jouant d'un instrument à cordes assez semblable à une guitare, et en s'accompagnant de la voix. C'était une fort belle musique, et qui m'a réjoui tout autant que l'avaient fait les temples chinois. Au cours de la soirée, le propriétaire nous a annoncé qu'un mandarin de haut rang passerait chez lui la nuit du lendemain. Ce personnage, nous a-t-il dit, venait de la cour de Pékin et se rendait à Foo-chow-foo, et des coureurs avaient été dépêchés à l'avance pour qu'on se disposât à l'accueillir.

Le lendemain matin, je vis ce vénérable personnage et sa famille auprès d'un temple bouddhiste de la vallée, où lui et son monde avaient fait halte pour se rafraîchir. Sa suite était composée de ses épouses et de ses enfants, et en outre de plusieurs mandarins de rang inférieur et d'un grand nombre de serviteurs et de soldats. Quand nous avons croisé devant le temple la troupe de ses cavaliers, celle-ci obstruait la route. Nous avons dû attendre patiemment que tous eussent fini leur repas pour passer notre chemin. Ils ont pris la route qui franchit les monts Bohea, celle que nous avions suivie nous-mêmes, et nous celle de Ching-hoo, ville où nous sommes arrivés dans le début de l'après-dîner. C'est une petite ville active, et d'importance considérable, car elle est située à la tête d'un des bras de la rivière qui va se jeter dans la baie de Hang-chow. Toutes les marchandises que l'on voiture entre les villes proches de la mer, telles Hang-chow-foo, Shanghai, etc., et celles de la région orientale des monts Bohea, telle Pouching-hien, doivent passer par Ching-hoo. Et toutes les balles de thé manufacturées dans les cantons de Pouching sont transportées là avant d'être expédiées vers les régions fertiles et populeuses du Nord-Est.

Sitôt arrivés, nous sommes allés dans une hôtellerie pour y souper et nous enquérir si nous trouverions un bateau. En la circonstance, j'ai veillé à rétribuer moi-même les porteurs de chaises et les coolies, car je ne souhaitais nullement provoquer un esclandre pareil à celui de Pouching-hien. Les hommes s'étaient vaillamment conduits durant le voyage, en sorte que je les gratifiai, outre leurs gages, d'une petite somme qui les dédommageât de l'accident advenu à la chaise. Je leur accordai la gratuité du vin, ou « sam-shoo », qu'ils avaient bu durant le voyage, gracieuseté toujours attendue en pareilles occasions. Ils semblaient pleinement satisfaits, et après s'être inclinés maintes fois devant moi, ils ont repris la route pour s'en retourner à Pouching-hien.

Puis Sing-Hoo est sorti pour aller engager un batelier qui nous ferait descendre la rivière. Pendant son absence, un barbier est entré dans la pièce où je me tenais pour me demander poliment si je désirais me faire laver la tête après un si long voyage dans les montagnes. Il va sans dire que j'avais accoutumé de décliner toute attention de cette nature. Peu après, mon serviteur était de retour en compagnie du batelier qu'il avait engagé pour nous faire descendre jusqu'à Nechow, petite ville proche de l'embouchure de la rivière.

Tandis que je glissais avec douceur et célérité vers l'aval, je songeais aux difficultés et périls de ce voyage qui bientôt allait prendre fin. J'étais encore à deux ou trois cents milles à l'ouest d'un quelconque port où des étrangers résidaient, et nonobstant, la rivière me faisait l'effet d'une vieille connaissance qui m'avait attendu à Ching-hoo pour me ramener chez moi sain et sauf.

Rien ne m'advint ensuite qui pût me gâter le plaisir du voyage. Lors de cette descente, j'eus loisir de revoir la charmante ville de Nan-che. Je fis également halte pendant une journée à Yen-chow-foo, afin de m'y procurer des plans de cyprès pleureurs destinés au jardin de M. Beale à Shanghai, et enfin j'arrivai à Nechow.

J'ai déjà décrit dans le détail la route qu'il me restait maintenant à parcourir. Je regagnai Shanghai en temps voulu, d'où ce long périple m'avait éloigné pendant près de trois mois. Bien que durant tout ce temps j'eusse mangé en me servant de baguettes, je n'en avais pas oublié pour autant l'usage des couteaux et des cuillères, et je crois inutile d'ajouter que je pris de bon cœur mon premier souper anglais. Les plants d'arbres à thé que je m'étais procurés dans le Woo-e-shan avaient gagné Shanghai sans encombre. La plupart d'entre eux fleurissent à présent sur les versants des monts Himalaya.

15

Mission presque accomplie. — Arrivée de mes plants à Calcutta. — À la recherche de préparateurs. — Visite à Chusan. — Un mandarin fumeur d'opium. — Détour par l'île de la Vénération. — Ce qu'il en coûte de pêcher dans un lac sacré. — Fin des vacances. — Je trouve mes manufacturiers. — Adieu à la Chine du Nord.

Au cours de l'été de l'an 1850, j'eus le bonheur d'apprendre que mes collections de plants d'arbres à thé étaient arrivés sans encombre à Calcutta. J'avais donc pour une bonne part accompli ma mission en Chine. Les plantations d'arbres à thé himalayennes peuvent aujourd'hui se flatter de posséder un certain nombre de plants provenant des régions chinoises qui produisent le meilleur thé, nommément le pays de Hwuy-chow pour ce qui est du thé vert, et celui des monts Woo-e pour ce qui est du thé noir.

Cependant, il me restait encore à m'acquitter d'une tâche qui me semblait des plus difficiles et des plus incertaines, à savoir recruter des gens de métier ayant appris à préparer le thé dans les régions de production les plus renommées. Eussé-je voulu engager des ouvriers dans n'importe laquelle des villes côtières, cela m'eût été fort aisé. Peu de temps auparavant on avait convaincu bon nombre de Chinois de s'embarquer par bateaux entiers pour émigrer en Californie, et l'émigration, à Amoy comme à Canton, avait pris une ampleur considérable. Mais ce qu'il me fallait, c'étaient des hommes venant de régions lointaines de l'intérieur, et qui connaissaient bien la manière d'apprêter les thés.

À l'effet de m'aider dans l'accomplissement de ce dessein, M. Beale me prêta obligeamment son concours. Son agent, homme grandement respecté par les Chinois et d'une grande notoriété, entreprit de conduire des pourparlers à cet effet. En attendant, je quittai Shanghai pour les cantons de Ning-po, où l'on cultivait l'arbre à thé, afin de me procurer d'autres graines et jeunes plants originaires de cette région.

J'avais hâte de voir l'île de Chusan, qu'après la guerre nous avions tenue pendant quelques années, mais qui désormais est dans la possession des Chinois. Je découvris qu'il s'agissait d'un lieu fort actif, et qui me parut grandement amendé. Son joli port était rempli de jonques, qui pour les unes appareilleraient vers le sud et pour les autres vers le nord, et qui toutes paraissaient avoir pour point d'attache Chusan. On avait construit une grande ville sur la côte, et il était malaisé d'y retrouver les anciennes demeures que les Anglais avaient habitées du temps où l'île était dans la possession de Sa Majesté la reine.

Le vaste hôpital construit par les Anglais était toujours là. On l'avait transformé en une manière de bureau des douanes, et on en usait aussi comme d'un établissement public, en sorte que je m'y rendis dans l'espoir de m'y procurer un logis pour la durée de mon séjour. Je trouvai là un vieux mandarin qui me reçut avec courtoisie et me proposa une chambre qui jouxtait la sienne, à l'étage du dessus.

Ce vieillard était un fumeur d'opium invétéré. Le premier soir il advint que mon serviteur, en apprêtant ma couche, l'étendît auprès de la cloison contiguë à la chambre du mandarin. « Tu ferais mieux de ne pas disposer le lit de ton maître à cet endroit, lui conseilla l'un des employés du bureau. Le Loi-ya fume l'opium, et pendant son sommeil il fait un bruit affreux. » Je pus constater que cela n'était que trop vrai.

Sur les neuf heures du soir, le vieil homme s'étendit sur sa couche, alluma sa petite lampe et se mit à inhaler les émanations de sa drogue intoxicante. Il fuma pas intermittence, jusqu'au moment où je m'alitai, puis pendant quelque temps encore. Entre une heure et deux heures le matin, je fus tiré en sursaut de mon profond sommeil par un bruit étrange et insolite. Il me fallut quelques secondes pour prendre conscience du lieu où je me trouvais et me rappeler qui était mon voisin. Alors seulement je me souvins de la mise en garde faite à mon serviteur. La drogue avait fait son œuvre. De toute évidence le vieux fumeur d'opium s'était assoupi et réfugié au pays des rêves. Son organe nasal produisait des sons effroyablement discordants, et c'étaient eux, ainsi que les vagissements stridents du dormeur, qui m'avaient éveillé.

Au point du jour je me levai et passai par sa chambre avant de sortir de l'édifice. À présent il dormait profondément et calmement. Sa pipe était posée sur une table, à son chevet, à côté de la petite lampe. Les lourdes fumées de l'opium flottaient encore dans le logis, et je n'en étais que plus heureux de retrouver le plein air.

Lorsque je m'en revins d'une promenade matinale, je trouvai le vieillard occupé à prendre sa collation. À peu près à cette époque, le nouvel empereur avait promulgué un édit qui non seulement proscrivait l'usage de l'opium, mais encore faisait encourir de lourdes peines à quiconque se complaisait dans l'habitude d'en fumer. Tout fonctionnaire du gouvernement réputé fumeur d'opium était désormais menacé de perdre sa charge, et aussi son rang, et il entraînerait dans sa disgrâce et sa dégradation, pendant plusieurs générations, sa famille et ses enfants.

C'était à peu près au moment de mon séjour là-bas que l'édit avait été porté à la connaissance des gens de Chusan, et il allait de soi que le vieux monsieur n'en ignorait rien.

« Alors, pourquoi faites-vous cela ? lui dis-je. Hier soir vous fumiez de l'opium. Vous n'avez donc pas connaissance de l'édit ? – Bien sûr que si, me répondit-il. Mais il ne sera appliqué qu'à partir de l'année prochaine. »

Pendant mon séjour là-bas, chaque soir il venait dans ma chambre sur les neuf heures, le visage éclairé d'un sourire.

« À présent je vais fumer, me disait-il. Vous savez bien que l'an prochain je n'aurai plus liberté de le faire. »

Et je suis fermement convaincu de ce que ce vieillard fumait plus qu'il n'avait coutume de le faire jusque-là, et pareillement qu'il en retirait plus de plaisir encore.

Lorsque je revins des plantations du Yang-mae je passai quelque temps dans la vieille ville de Tinghae. Toute trace du protectorat anglais en avait totalement disparu. On n'y voyait plus nulle part ces tailleurs, chausseurs et autres gens de métier dont les appellations et les enseignes en anglais étaient jadis si pittoresques et amusantes. Tout était à présent exclusivement chinois, et qui n'aurait rien su de l'histoire de cette ville n'eût pu soupçonner qu'un an ou deux auparavant elle était encore aux mains des Anglais.

Après que j'eus passé quelques jours à Chusan, je gagnai une autre île du nom de Poo-too. Les étrangers la désignent d'ordinaire sous l'appellation d'« île de la Vénération », car elle est habitée par des moines bouddhistes et par leurs disciples.

Dès que j'eus touché terre je pris par la montagne en direction de l'un des principaux temples, lequel est bâti dans un vallon. Au bas d'une déclivité, face aux monastères, s'étendait un petit lac où abondaient des nélombos en pleine floraison. En m'approchant, je vis un Chinois y pêcher, ce qui me surprit grandement, puisque dans cette partie de la Chine les bouddhistes n'ôtent la vie à aucun animal et ne mangent point non plus sa chair… ainsi le professent-ils, à tout le moins. Sachant pertinemment qu'il agissait mal, l'homme se cachait derrière les piliers du pont jeté sur le lac à cet endroit. Néanmoins, il dut prestement interrompre ses occupations, et de la façon la plus cocasse qui soit. À peu de distance de l'autre extrémité du pont se tenaient en groupe des hommes dont l'ample vêture et le crâne rasé dénotaient l'appartenance au clergé bouddhiste, et qui de toute évidence surveillaient avec beaucoup d'alarme et d'attention les gestes du braconnier. Enfin, l'un d'eux, muni d'un bambou, se détacha des autres pour se porter vers le pont en faisant un détour, afin de ne pas être vu de l'homme qui pêchait. Le moine s'y prit si habilement qu'il arriva sur le pont, tout près du braconnier, avant même que celui-ci se rendît compte qu'on l'observait. Il va sans dire que la première admonestation qu'il reçut pour avoir été pris sur le fait lui vint du bambou, que le moine ne manqua point de lui appliquer bellement sur les épaules.

À présent la scène était des plus risibles pour tout un chacun, à la réserve de l'intrus, qui tout d'abord fut tenté de s'en prendre à son assaillant. Mais le moine, jeune et solide gaillard, y allait sans merci du bâton. Les autres prêtres accoururent eux aussi promptement, et quand le délinquant les vit, considérant avec sagesse que « prudence est nerf de la bravoure », il s'empressa de tourner les talons et de grimper prestement le flanc de la montagne, toute la meute de moines à ses trousses. Ils se fussent probablement saisis de lui si mon apparition dans le décor n'avait pas détourné leur attention.

Sitôt qu'ils m'aperçurent, les moines abandonnèrent la chasse à l'homme et, venant à moi, ils m'accueillirent avec beaucoup d'égards et m'invitèrent à visiter leurs monastères. Pendant ce temps l'infortuné braconnier décampait par la montagne, en direction de la mer. Quand j'eus rendu aux moines leurs salutations, je leur demandai de m'expliquer les raisons de la scène extraordinaire dont je venais d'être le témoin. L'homme que j'avais vu, me dirent-ils, était un voleur, un malandrin venu d'une île des environs pour pêcher dans le lac sacré et occire leurs poissons !

Puis je marchai sur le bord du lac, dans la compagnie des moines. Nulle fleur ne saurait être plus belle ni plus majestueuse que ne l'étaient celles du nélombo à cette saison. Alors que je me tenais sur le petit pont si propre à vous porter à la rêverie, je regardais de droite et de gauche, et mon œil s'attardait sur des milliers de ces fleurs, tantôt blanches, tantôt rouges, et qui toutes sortaient de l'eau pour s'élever au-dessus de leur magnifique feuillage gris pâle. Les feuilles elles-mêmes, soit qu'elles reposassent sur la surface lisse du lac, soit qu'elles fussent dressées sur leurs longs pédoncules, étaient d'une beauté quasiment égale à celle des fleurs, et les unes et les autres s'harmonisaient admirablement. Des poissons rouges, d'autres d'argent, d'autres encore, filaient comme des traits en tous sens, visiblement enchantés de nager sous l'ombrage des grandes feuilles, dans une bienheureuse ignorance de l'altercation qui avait opposé leurs protecteurs au chenapan venu perpétrer là ses crapuleux méfaits.

Le paysage environnant était d'une singulière beauté. Sur tout le pourtour du lac s'élevaient des hauteurs abondamment boisées, et dont les sommets culminaient à quelque quinze cents pieds au-dessus du niveau de la mer. Les vieux édifices des monastères, qui occupaient bon nombre d'arpents de terres, étaient situés sur la rive septentrionale du lac, mais au travers des arbres on en apercevait d'autres, d'architecture moins imposante, sur tous les escarpements.

Le lac couvert de fleurs, les montagnes boisées, les vieux temples et le somptueux flot de lumière dispensé par le ciel limpide sur ce décor, créaient quasiment l'illusion d'être soudain l'hôte d'un paysage enchanté.

Lorsqu'au début de septembre vinrent à expiration mes deux mois de vacances, je quittai les îles de l'archipel de Chusan pour gagner la grand-terre. La mousson du sud-est touchait à sa fin, les vents du nord n'étaient pas rares, et déjà le temps fraîchissait notablement.

Prenant congé des cantons de Ning-po, je partis pour Shanghai. J'arrivai là-bas pour constater que de bons ouvriers, fort capables de manufacturer le thé, ainsi que des confectionneurs de boîtes en fer, avaient été engagés, et que tout ce qui s'était accompli allait bien au-delà de mes vœux les plus ardents. Un important assortiment de matériel destiné à la manufacture de thé était également arrivé. En sorte qu'il ne me restait plus qu'à empaqueter mes plants et à partir pour l'Inde.

C'était un plaisant spectacle que de voir ces Chinois de l'intérieur faire leurs adieux à leurs amis et à leur sol natal. Nous avions loué un grand bateau, qui pour l'heure était amarré à l'appontement, à dessein de les transporter, eux et leurs effets, de Shanghai à l'embouchure du fleuve, où l'*Island Queen* était au mouillage en attendant d'appareiller pour Hong Kong le lendemain matin. Les émigrants et leurs proches envahissaient l'embarcadère. Quand vint l'heure de partir, les huit Chinois prirent place à bord et le bateau fut immédiatement poussé dans le courant. Tant les émigrants, qui maintenant étaient à bord, que leurs amis restés à terre, n'en finissaient plus de s'incliner, mains jointes, pour se saluer les uns les autres en échangeant des vœux de bonne santé et de bonheur avec une sincérité qui ne semblait nullement de mise. Le lendemain, l'*Island Queen*, commandant McFerlane, prit la mer, et nous avons fait nos adieux à la Chine septentrionale.

16

Expériences avec les graines d'arbres à thé. — La meilleure méthode pour les transporter. — Arrivée à Calcutta. — Acheminement vers Allāhābād. — Fin de ma mission.

Au cours de l'automne 1848, j'avais expédié en Inde des graines d'arbres à thé en grandes quantités, parfois emballées dans des sacs, parfois mélangées avec de la terre sèche et mises dans des caisses, parfois encore enfermées dans de très petits paquets, afin de les acheminer promptement par la malle-poste. Mais aucune de ces méthodes n'avait obtenu grand succès. Les graines de l'arbre à thé ne conservent leur vitalité que durant une période très brève si elles ne sont pas enfouies dans de la terre. Et il en va de même des glands et des châtaignes, d'où la difficulté d'introduire ces arbres fort utiles dans de lointains pays en essayant de faire germer leurs graines.

Mais en 1849 je parvins cependant à trouver une méthode sûre et infaillible permettant d'envoyer sans qu'elles dépérissent les graines de l'arbre à thé dans des pays étrangers. Et comme cette méthode vaut aussi pour toutes les graines dont la durée d'existence est brève, il est important de la porter à la connaissance de tout un chacun. Elle consiste tout simplement à semer ces graines dans une caisse de Ward[1] peu de temps après les avoir cueillies. Je tentai ma première expérience en procédant de la façon suivante. M'étant procuré de beaux plants de mûrier dans la région où l'on produit la plus fine soie chinoise, je les piquai à la façon usuelle dans une caisse de Ward, puis les arrosai copieusement. Au bout de deux ou trois jours, quand le sol fut suffisamment asséché, je répandis sur sa surface une bonne quantité de graines d'arbres à thé, que je recouvris ensuite d'une épaisseur de terreau d'un demi-pouce environ. Le tout fut alors aspergé d'eau, puis fixé par des lattes transversales pour maintenir la terre en place. Enfin, la caisse fut vissée à fond, comme à l'habitude.

Lorsque cette caisse arriva à Calcutta, on y put constater que les plantes étaient en parfaite santé, et que les graines d'arbres à thé, ayant germé pendant le voyage, couvraient maintenant toute la surface du sol. Lorsque le Dr Falconer m'écrivit pour m'accuser réception de cette caisse, ce fut pour m'annoncer que « tout autour des mûriers les jeunes plants de théiers poussaient des bourgeons aussi fournis qu'il est possible ».

Au cours de cette année-là (1849), d'autres caisses furent pareillement ensemencées à l'aide de grandes quantités de graines semées entre des rangées de plants d'arbres à thé. Elles germèrent elles aussi pendant leur transport vers l'Inde, et c'est en excellente santé qu'elles arrivèrent à destination dans les monts Himalaya.

Lorsque, par des nouvelles que je reçus de l'Inde, je fus mis au fait du succès de ces expériences, je

1. Nathaniel B. Ward, botaniste anglais du siècle dernier, et inventeur d'une serre portative à fond de terre cuite, couvercle métallique et parois vitrées qui porte son nom (*wardian case*). *(N.d.T.)*

résolus d'adopter la même méthode quand j'apprêtai les caisses que j'allais moi-même emporter. À cet effet, dans toutes les caisses des graines d'arbres à thé furent semées entre des rangs de jeunes plants.

Quatorze caisses ayant été préparées et remplies selon cette méthode, une grande quantité de graines inemployées — un boisseau environ — était encore en ma possession. Ces graines, je me déterminai à en user de la façon suivante. Deux caisses vitrées avaient été apprêtées pour expédier au Jardin botanique de Calcutta une collection de camélias de Chine. Les graines des arbres à thé furent déversées hors de leur poche devant ces caisses, et à ces graines fut mélangée un peu de terre. Une couche de ce mélange, qui à présent consistait en une part de terre et deux parts de graines, fut ensuite répandue dans le fond de chaque caisse. Après quoi les plants de camélias furent précautionneusement dépotés et déposés pardessus. Les intervalles séparant les plantes furent alors comblés, jusqu'à la hauteur voulue, à l'aide de ce mélange de terre et de graines d'arbres à thé, et un peu de terreau fut répandu à la surface, en une fine couche, afin de recouvrir les graines du dessus. Le tout fut arrosé d'abondance, on cloua des lattes en travers pour maintenir la terre en place, et les couvercles des caisses furent vissés de la façon habituelle.

Mes collections de plants et de graines, qui emplissaient à présent seize caisses vitrées, avaient été apprêtées ainsi que je viens de le dire lorsque je quittai Shanghai en même temps que les ouvriers chinois et le matériel dont il a été question dans le précédent chapitre. Ce départ eut lieu le seize du mois de février 1851. La mousson de nord était désormais établie sur la côte de Chine, et comme en cette saison la brise est portante, toute la voilure fut mise dessus et quatre jours plus tard, après une traversée de bientôt mille milles, nous avons mouillé une ancre dans la baie de Hong Kong. Tout aussitôt nous avons embarqué sur le vapeur *Lady Mary Wood* pour gagner le port de Calcutta, que nous avons touché le quinze du mois de mars. Là, nous avons élu domicile chez le Dr Falconer, directeur du Jardin botanique, et c'est à cette époque que fut réalisée une contrefaçon de thé à base de feuilles de *Pongamia glabra*. Toutes les caisses vitrées furent transportées au Jardin, où elles furent examinées et apprêtées pour la suite du voyage.

Quand ces caisses furent ouvertes à Calcutta, il fut constaté que les jeunes plants étaient bien vivaces. Quant aux graines semées entre leurs rangs, elles avaient commencé à germer depuis un certain temps. On les laissa bien entendu en terre, sans les déranger en rien, car elles avaient suffisamment de place pour croître. Il fallut cependant s'y prendre d'autre manière avec celles qui avaient été serrées dans des caisses de plants de camélias. En ouvrant ces dernières, on s'aperçut en effet que toute la masse des graines, du bas jusqu'en haut, avait gonflé, et que leur germination venait tout juste de commencer. Les camélias qui, eux, étaient arrivés à destination, furent arrachés avec beaucoup de précautions, puis empotés, et on eût juré que jamais ils n'avaient quitté leur pays natal. Quatorze nouvelles caisses furent préparées, emplies de terre, et ces graines en pleine germination furent alors semées en une épaisse couche à la surface, puis recouvertes de terreau comme à l'ordinaire. En quelques jours les jeunes plantules percèrent le sol, et, par ce dispositif d'une grande simplicité, douze mille pieds furent ajoutés à ceux des plantations des monts Himalaya.

Les collections confiées à mes soins étant désormais prêtes, le gouvernement britannique de l'Inde me donna l'ordre de repartir le vingt-cinq du mois de mars à bord d'un petit vapeur fluvial qui me transporterait jusqu'à la lointaine ville d'Allāhābād. Les eaux du fleuve Hougli étant basses à cette époque de l'année, car en Inde c'est la saison sèche, il nous fallut descendre le cours de la rivière jusqu'à son embouchure, puis continuer notre route à travers les Sundarbans. Cette vaste région s'étend de la rivière Hougli, sur la côte occidentale du golfe du Bengale, à Chittatong, sur la côte orientale, et elle se prolonge vers l'intérieur sur une cinquantaine de lieues. Elle est entrecoupée par des centaines d'îles. Il en est certaines qu'on dirait entourées par un bras de mer, alors que d'autres sont formées par des rivières qui divisent les terres selon toutes les directions. Ce sont là les multiples bouches du Gange, par lesquelles ce puissant fleuve déverse ses eaux dans le golfe du Bengale.

Cinq jours après avoir quitté Calcutta, nous sommes entrés dans le cours principal du Gange. Toutes les villes bâties sur ses rives ont été souventefois décrites dans les relations des voyageurs venus en Inde. Je me bornerai donc à dire que nous sommes passés successivement par les grandes cités de Patna, Dinäpur, Ghâzepur, Bénarès et Mirzāpur, et que nous sommes arrivés à Allāhābād le quatorze du mois d'avril. À cet endroit se situe la confluence de la rivière Yamunā et du Gange, mais ni l'un ni l'autre de ces cours d'eau ne sont navigables, à tout le moins pour les vapeurs, en amont de la forteresse d'Allāhā-bād. En conséquence, il nous fallait maintenant continuer notre voyage vers Sāhārounpur par voie de terre. En sorte que tous les plants d'arbres à thé ont été débarqués et placés sous un préau, en attendant que fussent prises les dispositions voulues pour les voiturer à destination.

Les Chinois, leurs effets, les plants d'arbres à thé et le matériel nécessaire à l'apprêt des feuilles remplissaient neuf chariots. Mais comme il n'était pas possible de trouver des bœufs pour tirer plus de trois chariots à la fois par jour, je décidai d'en faire partir trois le seize de ce mois, trois autres le dix-sept, et le reste le dix-huit. Je quittai Allāhābād au soir du dix-neuf, dans un fourgon mis à ma disposition par le gouvernement, et, grâce à la célérité de ce véhicule, je fus à même d'inspecter, à plusieurs reprises, les différentes parties de notre expédition sur la route d'Allāhābād à Sāhārounpur.

Tout fut acheminé sans encombre à destination et remis en temps voulu au Dr Jameson, directeur des Jardins botaniques des provinces du Nord-Ouest et des plantations de thé gouvernementales. Quand on ouvrit les caisses vitrées, il fut constaté que les plants étaient en pleine vigueur. On n'en dénombra pas moins de 12 838, et davantage encore étaient en train de germer. Nonobstant leur long périple à partir de la Chine, les fréquents transbordements et changements climatiques advenus en cours de route, ils paraissaient aussi verts et vigoureux que s'ils n'avaient cessé de croître dans les collines chinoises.

Lorsque j'arrivai à Nainee Tal, je fus aimablement reçu par le capitaine Jones, qui m'offrit l'hospitalité sous son toit jusqu'au jour où un nouveau dāk[1] m'acheminerait vers Meerut, d'où ensuite je repartirais pour Calcutta et l'Angleterre. Nainee Tal compte parmi les plus jolis sites qu'il m'ait été donné de voir dans les monts Himalaya. Son lac romantique est presque totalement ceint par des montagnes abondamment boisées. Une belle et large route a été

1. Transport par relais, par étapes, identique à la poste en Europe jusqu'au siècle dernier. *(N.d.T.)*

ouverte sur le pourtour de ce lac, et les demeures des habitants sont dispersées sur les versants des reliefs. Tous les jours on voit sur l'eau se mouvoir des goélettes et des barques de promenade, qui lorsqu'on les observe d'une certaine hauteur ont une curieuse et frappante apparence. D'un point d'observation sur lequel je me tenais, je pouvais contempler le lac dans toute son étendue, et, au loin, l'immensité des plaines de l'Inde. Au-dessus d'elles étaient suspendues dans le ciel, beaucoup plus bas que le niveau du lac, de lourdes masses de nuages, et les petites embarcations voguaient assurément à une altitude bien supérieure à celle de ces formations nuageuses !

Le vingt-huitième jour de juillet, je quittai Nainee Tal pour reprendre la route des plaines. M. Batten redescendit la montagne en ma compagnie jusqu'au petit jardin que nous étions convenus d'aller voir ensemble, où une collation matinale nous attendait. Là, le spectacle qui s'offre au regard est si sauvage, si saisissant, qu'il déjoue toute velléité de description. Derrière nous se dressaient des monts de toutes les hauteurs, découpant sur le ciel les déchiquetures et fractures les plus variées, tandis que devant nos yeux les plaines de l'Inde s'étendaient à perte de vue, sans qu'une éminence ou tertre n'interrompît le regard.

M. Batten est alors reparti chez lui par la route de montagne, me laissant poursuivre seul mon voyage de retour. Mon itinéraire me fit passer par les villes fort connues de Delhi et d'Agra, et le vingt-neuf du mois d'août je regagnai Calcutta, où je logeai chez le Dr Falconer, dans le Jardin botanique, jusqu'à ce que la malle-poste fût là pour prendre à son bord les passagers qui rentraient en Angleterre.

Le cinq du mois de septembre, j'eus pour la première fois le bonheur de voir en Inde la fleur de la *Victoria regia*. Elle poussait avec luxuriance dans l'un des étangs du Jardin botanique, et sans nul doute elle allait compter bientôt parmi les plus beaux ornements des jardins de l'Inde. Bientôt elle régnerait majestueusement sur toute la terre, et, à l'exemple de notre bien-aimée souveraine, dont elle porte le nom, jamais le soleil ne se coucherait sur son empire.

Table

Imprimé à Barcelone par:
CPI Black Print
septembre 2021

Dépôt légal : mai 2017

Imprimé en Espagne